까칠한 재석이가 열받았다

까칠한 재석이가 열받았다

고정욱 지음

애플북스

차례

1 몽정 |11
2 대형사고 친 은지 |21
3 병규를 찾아라 |44
4 두 번째 가출 |56
5 아빠 없는 서러움 |71
6 비겁한 병규 |86
7 책임이라는 무서운 말 |97
8 다큐멘터리 공모전 |106
9 학교에 가고 싶어 |119
10 수유리에서의 만남 |136

11 본격적인 작업 | 146
12 구성작가 재석 | 154
13 쏜살같이 흐르는 시간 | 165
14 권 선생의 열정 | 180
15 응급실에 간 은지 | 190
16 긴박한 출산 | 196
17 난투극 | 204
18 밝혀지는 비밀 | 217
19 어린 엄마와 아빠 | 226
20 원자력 에너지 꿈 | 234

머리말

《까칠한 재석이가 사라졌다》와 《까칠한 재석이가 돌아왔다》 두 권의 책은 독자 여러분의 사랑을 무척 많이 받았다. 이 기회를 빌려 독자 여러분께 감사의 마음을 전한다.

전국 초중고에 강연을 가면 어린이와 청소년 들은 어김없이 "3권은 언제 나오느냐."고 묻곤 했다. 마치 재석이의 이야기가 영원히 이어질 것이라고 생각하는 것 같았다. 물론 작가로서 매우 고마운 일이 아닐 수 없다. 자신이 쓴 작품이 이렇게 큰 사랑을 받는데 싫어할 사람이 어디 있으랴.

하지만 책을 낼 때는 뭔가 독자들에게 전하려는 메시지가 있어야 한다. 《까칠한 재석이가 사라졌다》에서 학교폭력의 주동자인 재석의 습관 변화를 그렸다면 《까칠한 재석이가 돌아왔다》에서는 연예인이 되고 싶어 하는 열풍의 문제점을 꼬집었다. 그렇다면 세 번째 책의 메시지는 무엇이어야 할지 고민이 많았다.

그러던 중에 요즘 청소년들의 성 문제가 무척 심각하다는 것을 알게 되었다. 이건 갈수록 나아지기보다 더 나빠질 문제였다. 물론 이렇게 된 데에는 어른들의 책임이 크다. 온통 성의 향락과

소비를 조장하고 있으니 말이다.

  하지만 청소년들도 스스로 조심하고, 머나먼 미래를 생각해서 자신의 몸을 소중히 여기며 마음을 잘 다스려야 한다. 이 사회적 문제에 재석이와 친구들이 적극적으로 뛰어드는 것은 곧 자신들의 꿈을 키우는 일과 마찬가지라는 생각이 들었다. 이렇게 해서 이번 책의 메시지가 정해졌다. 꿈이 없는 청소년들이 자신의 꿈을 찾아가는 것.

  꿈이 있어야 공부도 하게 되고, 세상도 분명하게 가닥이 잡힌 시선으로 보게 된다. 꿈을 갖고 꿈을 이루기 위해 노력해야 하는 이유가 바로 여기에 있다.

  이 책이 부디 우리 어린이와 청소년이 꿈을 갖는 계기가 되면 좋겠다.

2014년 북한산 기슭에서
고정욱

전편 줄거리

말보다 주먹이 앞서고 가진 거라곤 큰 덩치와 의리뿐이었던 일진 재석. 여전히 성적은 바닥을 기지만, 재석은 임시 국어교사 김태호의 인간적 매력에 이끌려 문학과 독서, 그리고 글짓기에 조금씩 관심을 보인다.

그 무렵 베스트 프렌드인 보담과 민성, 그리고 향금이가 전혀 의외의 방향으로 궤도 이탈을 범한다. 요즘 한창 열풍인 스타 오디션 프로그램에 참가하고, 연예기획사 사장의 번드르르한 말에 넘어가 기획사 연습생 생활을 하면서 급기야 스폰서 제안까지 받아들인다. 결국 이들은 위험한 상황에 빠지고 의리와 우정이라면 물불 안 가리는 재석은 친구들을 구해 내기 위해 또다시 주먹을 들고, 상황을 멋지게 해결한다. 사건을 계기로 각자의 꿈을 향한 방향이 재설정되고 우정은 한층 깊어진다.

이제야 조용히 학교생활을 하나 싶었는데, 이게 웬걸! 이번에는 더욱 강력한 문제가 터지고 말았다. 아, 하루라도 조용히 살고 싶은 재석의 마음을 왜 세상은 몰라주는 걸까? 한층 더 까칠해지고 성숙해진 재석이를 만나 보자.

몽정

창문을 열자 맞은편 집 욕실이 보였다. 늦은 밤 시원한 바람을 쐬기 위해 열어 놓은 창문으로 재석은 바깥을 내다보았다. 그 순간 욕실 안에서 누군가 샤워하는 물소리가 들렸다. 재석의 가슴이 쿵쾅거렸다. 누군가 있는 게 분명했다. 조용히 방의 불을 끄고 창밖을 주시했다. 10센티미터 정도 빼꼼히 열린 욕실 창문 안을 재석은 마른침을 삼키며 들여다보았다. 한참 동안 물소리만 들리더니 이내 왔다 갔다 하는 여인의 모습이 보였다. 실오라기 하나도 걸치지 않은 몸이었다.

"헉!"

순간 재석은 온몸의 세포가 살아 움직이는 듯한 전율을 느졌다. 굴곡진 몸매에 뽀얀 우유 빛깔 피부를 가진 한 여인이 등을 돌리고 샤워기의 물을 맞고 있었다. 샤워기에서 나온 부드러운 물줄기가 젖은 미역처럼 탐스러운 머리를 쓸어내리는 모습을 보며 재석은 다시 한 번 침을 꼴깍 삼켰다. 온몸의 피가 거꾸로 도는 것 같았다. 그때 문득 여인이 샤워하던 몸을 돌려 재석이 쪽을 향했다.

"읍!"

여인의 얼굴을 보는 순간 재석은 자신의 입을 막았다. 그녀는 바로 보담이었다. 보담은 재석이 훔쳐보는 것도 모른 채 비누거품 묻은 탐스러운 몸을 헹궈 내고 있었다. 가슴이 쿵쾅거리다 못해 터질 것만 같았다. 그토록 지켜 주고 싶었던 보담의 벗은 몸을 이렇게 숨어서 지켜보게 될 줄은 꿈에도 몰랐다.

열일곱 터질 듯한 풋풋함으로 가득한 보담의 벗은 몸은 가히 여신의 그것이었다. 숨을 멈춘 채 들여다보고 있는데 보담이 갑자기 고개를 들더니 창밖을 바라보았다.

"어머! 재석이, 너!"

보담이의 눈에서 불똥이 튀기는 것만 같았다.

"윽!"

"너, 죽었어!"

화가 난 보담이 욕실 창문을 거칠게 닫았다.

창문이 닫히는 순간 재석은 눈을 번쩍 떴다. 머리 박고 잠들었던 책상을 민성이 친 거였다.

"야야! 야자시간에 자면 어떻게 하냐? 야간에 자라는 게 야자시간이 아니잖아."

꿈이었다. 꿈에서 하도 흥분해 재석은 몽롱하니 정신을 차리지 못했다. 책상 위에는 흥건하게 침까지 고여 있었다. 민성이 웃으며 말했다.

"너 아주 깊이 잤구나. 꿈꿨나?"

"응."

"무슨 꿈을 꿨기에 그래? 너 자는 거 동영상으로 다 찍었다."

스마트폰으로 재석이 자는 모습을 그새 촬영한 모양이었다. 교실 안 여기저기서는 아이들이 책을 들여다보며 공부하고 있는 모습이 보였다.

"야, 이 자식아. 자는데……."

"공부를 해야지, 이렇게 자고 있으면 어떡해. 인마, 여기에 증거가 다 담겼다는 말씀!"

"너나 해. 이 자식아."

"킥킥킥!"

민성은 고소하다는 듯 웃었다. 그러고는 자기가 보던 참고서로 다시 고개를 돌렸다. 재석은 꿈 때문에 어느새 아랫도리가 축축하게 젖어 있는 것을 느꼈다.

풍정 13

"아, 짜증 나!"

가방에서 휴지를 꺼내 아무도 못 보게 바지춤으로 손을 집어넣어 흘러나온 체액을 닦아 냈다. 넘치는 사춘기의 혈기는 이렇게 때로 꿈속에서라도 발산되어야만 하나 보다. 다시 공부를 하려는데 꿈속에서 훔쳐보았던 보담이의 뽀얀 속살이 자꾸만 아른거렸다. 도저히 집중을 할 수가 없었다. 그 순간 자신의 뺨을 호되게 치며 재석은 중얼거렸다.

"황재석! 정신 차려! 인마! 정신 차려!"

감히 보담이를 넘보다니, 아무리 꿈속이었다지만 너무나 미안하고 황송한 일이었다. 잠재의식에서나마 자신이 그런 엉뚱한 상상을 하고 있을 줄은 꿈에도 몰랐다.

자리에서 벌떡 일어난 재석은 화장실로 가 세면대에 머리를 박고 수돗물을 틀었다. 찬물이 뒷골을 팽팽하게 잡아당기며 머리를 온통 감싸면서 흘러내렸다. 정신을 차려야 했다. 시간은 이미 9시를 향해 가고 있었다.

재석이 이처럼 야간 자율학습에 참여하기 시작한 것은 몇 개월 되지 않는다. 어설프게 학원 다닌다고 왔다 갔다 시간을 낭비하기보다 학교에서 자율학습을 하는 것이 선생님들에게 모르는 것을 물어볼 수도 있고, 다른 아이들이 공부하는 분위기에 쉽게 동참할 수 있을 것 같아 시작한 거였다.

대충 머리를 턴 뒤 손수건으로 닦아 내자 정신이 번쩍 들고 잠이 완전히 달아났다. 교실로 돌아오는 길에 복도 창밖으로 깜깜한 밤하늘을 올려다보았다. 유난히 맑은 날씨 덕분에 밤하늘에는 별들이 반짝였다. 몇 년 뒤에는 대학생이 되어서 저 별을 볼 수 있을지 재석은 확신이 잘 서지 않았다.

그때 가만히 등을 두드리는 사람이 있었다. 미친개였다.

"재석이 공부할 만하냐?"

"아, 네. 선생님."

아이들을 곧 잡아먹을 것처럼 흥분을 잘해서 미친개라는 별명을 갖게 된 수학선생님은 오늘 야간 자율학습 관리 감독을 하느라 복도를 왔다 갔다 하는 중이었다.

"졸려서 머리 좀 감았어요."

"그래, 잘했다. 졸리면 머리라도 감아서 잠을 깨야지."

스톤에 가입해 말썽을 부릴 때는 미친개에게 단골로 두들겨 맞던 재석이었다. 하지만 마음을 잡고 공부를 하기 시작하자 그는 누구보다도 재석에게 관심을 가져 주는 선생님으로 돌변했다. 미친개가 아니라 순한 양 같았다. 그걸 보고 재석은 깨달았다. 자신이 변하면 선생님들도 자신을 대하는 태도가 변한다는 사실을.

"재석아. 고등학교 시절은 일종의 통과의례와 같단다."

"토, 통과의례요?"

"그래, 통과의례. 내가 오래전에 아프리카 갔을 때 아이들이 어른이 되는 과정을 봤는데, 그게 바로 통과의례야."

미친개는 통과의례에 대해 재석에게 알려 주었다.

마사이족의 주술사는 종교행위도 주관하지만 아이가 성인이 되는 의식도 집행한다. 주술사는 잘 들지도 않고, 소독도 되지 않은 칼로 소년들에게 할례를 치러 주었다. 할례란 생식기의 일부를 잘라 내는 것이다. 할례를 하고 나서 소독도 제대로 못한 채 아이들은 올리브 나뭇가지로 만든 침대에 2주 동안 누워 지내야 한다. 이 과정을 거치면 아이는 비로소 한 사람의 남자로 인정을 받는다.

"윽! 거기를 자른다고요?"

"응, 포경수술 비슷한 거다. 그렇게 상처가 아물고 나야 비로소 어른이 되는 거야."

"그게 지금 우리 고등학생과 같다고요?"

"그럼. 어른이 그렇게 쉽게 되는 게 아니다. 누구나 다 어른이 되느라 고생을 하지."

그렇게 마사이족은 2주간의 고통을 이겨 내고 남자가 된 소년들에게 '전사'라는 이름을 붙여 준다. 그러고 나서는 사회구성원으로서 제몫을 해내기 위한 진짜 통과의례가 시작된다. 한두 달 동안 가족과 떨어져 살며, 같이 성인식을 치른 친구들과 집단 훈련을 받는 것이다. 이렇게 야외에서 생활을 해 보아야 부족 간 전쟁에 참여할 수 있고 승자가 되어야 강한 남자로서의 권리를 얻을 수 있다.

마사이족의 소년들이 전사가 되기 위해 성인식을 치르는 것처럼, 어른이 되기 위해 이 공부 과정이 필요하다는 생각을 하며 재석은 교실로 돌아왔다. 아이들은 조용히 문제집을 푸는 등 자기 공부에 여념이 없었다.

재석은 앉아서 글쓰기 노트를 펼쳤다. 글쓰기가 특기인 그인지라 김태호 선생은 국문과나 문예창작학과를 가라고 진즉부터 권하던 터였다.

"재석아, 글쓰기라는 게 옛날에는 먹고살기 힘들다고 사람들이 기피하던 분야야. 예술 분야는 다 그렇다고 생각했지. 물론 글 쓰는 게 어렵긴 하지. 예술 분야가 어려운 이유가 뭐냐 하면 기존에 했던 것들을 다 뒤집어야 하기 때문이야. 무슨 말인지 알겠니? 그림도 남들하고 비슷한 그림이면 사람들이 보겠어? 전혀 새로운 것, 아무도 생각 못했던 것, 뭔가를 전혀 새로운 각도에서 묘사해야 하는 게 예술이야. 이게 쉽겠어? 전 세계 70억 인구가 있는데 그중에서 유일한 나만의 것을 만들어 내야 하지 않겠니? 그래서 어려운 거란다. 그렇기 때문에 그걸 만들어 낸 사람은 모든 부와 명예를 다 얻지. 예를 들어, 피카소 봐라."

"피카소요? 이상한 그림 그리는 사람 아니에요?"

"맞아. 근데 피카소가 왜 존경을 받는 것 같니? 죄다 평면에다 이차원적 그림을 그리는데 피카소는 '왜 이차원적 그림만 그려야 돼? 입체적으로 그릴 방법은 없을까?' 고민한 거야. 그래서 사람 얼굴을 그려도 앞에서 본 모습, 옆에서 본 모습, 위에서 본 모습을 한 화면에다 다 때려 넣은 거야. 그래서 그림이 이상해졌지. 하지만 그건 우리에게 신선하게 와 닿잖니? 와, 이렇게도 그릴 수 있구나 하고. 글도 마찬가지야. 왜 글을 쓰면 먹고살기 어렵냐? 네가 글을 써 봤으니 알겠지. 새로운 글쓰기가 어디 쉽디?"

"아니요. 어려워요."

"그렇지. 글이라는 게 사람의 생각을 정리한 거 아니냐. 그 생각이 신선해야만 좋은 글이 나오는데 생각이 다들 고리타분하잖아. 저 녀석들 봐라, 저거."

교실에 앉아 있는 아이들을 가리키며 김태호 선생은 말을 이었다.

"지금은 공장에서 찍어 내듯 비슷한 두뇌를 만들고 있잖아. 답안을 외우고 문제를 풀고 유사한 생각을 하도록 만들어 내고 있지. 그러니 쟤네들한테 글을 쓰라고 하면 글도 비슷하게 나오지 않겠어? 내가 네 녀석을 좋아하는 이유가 뭔지 알아? 저런 일률적인 교육을 너는 별로 받지 않았잖아. 공부 자체를 안 했으니까."

마지막 말에 재석은 얼굴이 붉어졌다.

"그렇기 때문에 네가 글을 쓰면 사람들이 '어, 이 녀석 특이하다.' 이런 얘기가 나오는 거야."

김태호 선생 식의 칭찬이었다.

"계속 세상을 삐딱하게, 다른 사람과 다르게 보는 시각을 유지하도록 해. 하지만 행동도 그래서는 안 된다. 작가라는 것은 말이다. 국민들을 가르치는 선생 역할도 해야 하는 거야. 한마디로 모범적이어야 해. 말로는 얼마든지 좋은 얘기 할 수 있지. 이래야 한다, 저래야 한다, 뭘 해야 한다. 그건 나도 할 수 있고, 너도 할 수 있어. 근데 문제는 말한 것을 실천하는 거야. 그건 쉽지가 않거든. 그래서 옛날 성현 중에는 아예 말을 하지 말라는 사람도 있었어."

"네."

김태호 선생은 한번 입을 열면 이렇게 끊임없이 줄줄줄 사설을 늘어놓았다. 하지만 가만히 생각해 보면 다 피가 되고 살이 되는 말이었다.

"네가 겪은 것, 처음으로 느낀 것, 신선한 아이디어를 항상 메모하라고 했지? 그게 중요한 거란다."

김태호 선생이 메모하는 습관을 가지라고 가르쳐 준 덕분에 재석은 늘 노트를 가지고 다니며 작은 일이라도 꼭 메모를 했다. 교실에 들어가 앉은 재석은 뭔가 영감이 떠올라 새로운 글을 쓰기 시작했다.

몽정

인간은 참 특이한 동물이다. 현실에서 원하는 것을 얻지 못하면 꿈속에서라도 얻는 듯하다.

꿈은 무엇일까?

욕망의 덩어리라고 나는 생각한다. 부자가 되고 싶은 사람은 꿈속에서 부자가 될 수 있고, 잘생겨지고 싶으면 꿈속에서 미남이 될 수 있다. 인간의 무의식이 꿈으로 나타난다는데, 사랑하는 여자가 있으면 그 여자와 함께 있는 것이 꿈이 되는 것 같다. 현실은 그렇지 않기 때문에 꿈에서 깨면 늘 얼굴을 붉혀야 하나 보다.

몽정도 마찬가지다. 보담이를 생각하다가 나는 몽정을 했다. 부끄러운 일이지만 다시 생각하면 지극히 자연스러운 일이기도 하다. 인간은 이성의 동물이기도 하지만 본능을 지닌 육체적 동물이기도 하니까.

옛날의 반인반수는 인간의 욕망을 그대로 상징하는 동물인 것 같다. 머리는 사람이지만 밑의 몸은 말인 존재. 우리들은 지금 다 그러한 반인반수로 사는 것 같다. 겉으로는 고상한 척하지만 내면으로는 음흉한 존재. 앞에서는 정의를 부르짖으면서 뒤에서는 비리를 저지르는 사람들, 선한 얼굴을 하고서 속으로는 늑대의 발톱을 드러내는 악한들.

이런 인간들이 모여서 만든 것이 세상이기에 이리도 비정한가 보다. 난 그래서 사랑은 아름답지만 추하다는 이야기가 공감이 된다. 나 역시도 추한 인간이기 때문이다.

대형사고 친 은지

글을 끄적거리고 있으면 시간이 잘도 간다. 내용뿐 아니라 문구 하나하나를 전부 고민해야 하기 때문이다. 한마디로 글에는 법칙이 없다.

어느새 야간 자율학습이 끝났다. 두툼한 글쓰기 노트를 덮은 뒤, 재석은 가방을 쌌다. 민성이 그런 재석을 씩 웃으며 쳐다봤다. 이제 우리나라 고교생의 길고 긴 하루도 끝이 보인다.

두 아이는 터덜터덜 교실 밖으로 나섰다. 운동장에는 야자를 끝내고 몰려 나가는 아이들의 그림자가 여기저기 길게 이어졌다. 이상하게 그 장면은 슬픔을 자아냈다.

"아, 빨리 대학 가는 걸 끝내든지 해야지. 공부하는 거 지겨워."

민성이 갑자기 휴대전화를 꺼내더니 어둠 속에 불 켜진 학교와 긴 그림자를 끌며 집으로 돌아가는 아이들의 모습을 촬영하기 시작했다.

"이 장면은 전 세계에서 우리나라에서만 볼 수 있는 거야."

스마트폰으로 계속 이곳저곳을 찍으면서 민성은 중얼댔다.

"무슨 장면?"

"야, 청소년이 밤 10시, 11시 되어서야 집에 가는 장면을 쉽게 볼 수 있겠냐? 이거 정말 귀한 장면이지! 키키, 유튜브에 올려야겠다."

녀석은 툭하면 스마트폰을 꺼내 들고 동영상을 촬영하는 것이 습관이었다.

"야, 그거 용량은 충분하냐?"

"용량이 충분하지 않아도 집에 가면 다 백업을 해 놓는다는 사실! 몰랐냐?"

"정말?"

"그럼, 자료는 생명이야. 기록이 얼마나 중요한 건데. 나 하드디스크에도 옮겨 놓고, 웹하드에다가도 다 올리고, 여러 군데에 모아 두고 있어. 용량이 어마어마하다고. 나중에 내 삶을 보고 싶으면 유튜브를 봐라. 우하하하!"

"까불고 있다. 자식."

재석이 민성의 엉덩이를 한 대 걷어찼다.

그렇게 두 아이가 시시덕대며 교문을 나설 때였다. 갑자기 민성의 휴대전화 벨이 울렸다. 향금이었다.

"아니, 마누라가 전화를?"

용건이 있어도 대개 문자로 해결하는 게 청소년들의 휴대전화 문화였다. 그런데 전화가 왔다는 건 뭔가 특별한 일이 있다는 뜻이었다.

"어, 나다."

전화를 받는 순간 귀청이 찢어질 듯한 향금의 목소리가 새어 나와 옆의 재석에게까지 들렸다.

"민성아! 큰일이야!"

"뭐? 무슨 큰일이야? 이 늦은 시간에?"

"빨리 와! 우리 학교 앞에!"

"너희 학교 앞을 왜 가?"

"우리 학교 앞에 오면 런던베이커리 있어. 거기로 빨리 와!"

"야, 밑도 끝도 없이……."

"와 보면 알아. 재석이도 있지? 같이 와, 같이. 보담이도 와 있어. 비상사태야!"

재석은 갑자기 등골이 오싹했다. 별별 상상이 다 됐다. 여자애 둘이 있다가 무슨 안 좋은 일이라도 당한 건 아닐까 싶기도 했다.

"무슨 일이래? 혹시 못된 놈들이……."

재석이 다급하게 민성에게 물었다. 그런데 민성은 느긋하게 고개를 저으며 통화를 이어 갔다.

"아, 여자들이 이 밤늦은 시각에……. 알았어, 갈게."

전화를 끊자 민성이 재석을 바라보며 물었다.

"야, 들었지? 다짜고짜 빨리 오라고 하네? 무슨 일이 생겼나 봐. 뭐, 사고를 친 건 아닌 것 같고."

"그래? 어서 가 보자."

학교 앞에는 아이들을 태우려고 부모들이 몰고 온 승용차들이 줄을 서 있었다. 그 사이를 뚫고 나간 재석은 빈 택시를 잡아탔다.

"아저씨, 금안여고요."

택시는 두 아이를 태우고 자가용들 사이를 빠져나와 속도를 냈다.

재석이와 보담이, 민성이와 향금이는 여전히 주말이면 만나서 차도 한잔씩 마시고 대화를 나누는 친한 사이였다. 대학 입시가 다가오고 있으니 두 아이는 공부에 전념을 해야 했다. 연예인이 되겠다고 생각하고 있는 향금이는 자신의 꿈을 길게 보기로 했다. 당장 이름을 얻는 것보다는 실력을 쌓고 천천히 기초를 닦는 것이 중요하다는 부라퀴의 이야기를 들었기 때문이다. 부라퀴는 아는 사람을 통해 유명 연예인 김강모를 불러다가 멘토링을 시켜 주었다. 그는 30분밖에 시간이 없다며 강남의 가로수길 어느 카페에서 이렇게 말해 주었다.

"나는 요즘 중학생, 초등학생이 가수 되겠다고 나대는 거 찬성하지 않아."

"왜, 왜요?"

"가수라는 건 평생 해야 되는 직업이야. 그리고 사람들의 아픈 마음을 쓰다듬어 주고 공감해 줘야 하는데, 어린애들이 삶의 아픔을 아나? 몰라. 알 리가 없지. 내 나이가 지금 40이 넘었는데 지금도 나는 어른들 만나면 그들의 아픔을 겸허히 듣고, '나도 저 나이가 되면 저런 아픔을 위로하는 노래를 만들어야겠다.' 생각하고 그러는데, 어린 것들이 노래 좀 잘하고 기술 좀 쌓았다고 그게 어디 가수야? 그러니까 반짝 노래 좀 부르다가 사라져 버리는 거지. 그다음에 개네들이 어디로 갈 거 같으냐? 갈 곳이 없어. 그런 건 진짜 꿈이 아닌 거야. 절실하게 느끼는 꿈이 진짜야."

향금이는 그 말이 옳다고 생각했다. 곁에서 듣고 있던 부라퀴도 그 말에 힘을 보탰다.

"향금아. 가수가 목적이 되어선 안 되고, '평생토록 사람들에게 즐거움을 주고 그들의 아픔을 위로해 주는 가수가 되겠다.'라는 생각을 해야 해. 이게 진짜 목표니라."

향금이는 그 이야기를 듣고 나자 정말 평생 직업으로 가수나 연예인이 되려면 일반인과 같은 생활을 하고 같은 고민을 해야 한다는 것을 깨달았다. 그래서 가급적이면 야간 자율학습도 열심히 참여했다. 대신 주말에는 열심히 보컬트레이닝을 받고 악기도 연주하며 실력을 쌓아 가고 있는 중이었다. 울트라 케이팝 스타에 나갔었던 일은 어느새 아련한 추억으로 접히고 있었다.

　재석과 민성이 금안여고 앞에 도착했을 무렵 학교 앞은 한산해져 있었다. 야간 자율학습을 마친 아이들을 데려가는 차들은 이미 많이 빠져나간 후였다. 학교 앞 런던베이커리에 들어가자 안에 향금이와 보담이, 그리고 낯선 여자애 하나가 웅크리고 마주 앉아 있었다. 실내를 가득 채운 음악은 백만 년 전에 유행했던 알 캘리의 '아이 빌리브 아이 캔 플라이(I believe I can fly)'였다.

I used to think that I could not go on.
난 계속 살 수 없을 거라 생각했었지요.
And life was nothing but an awful song.
그리고 삶은 끔찍한 노래일 뿐이라고요.

But now I know the meaning of true love.
하지만 이제 진정한 사랑의 의미를 알게 되었어요.
I'm leaning on the everlasting arms.
난 영원한 그대의 두 팔에 기대고 있어요.
If I can see it, then I can do it.
내가 볼 수만 있다면, 난 할 수 있는데.

If I just believe it, there's nothing to it.
믿기만 한다면, 아무것도 문제될 게 없는데.

"야! 왔어. 무슨 일이야?"

빵집 안의 시계는 어느새 10시 반을 지나가고 있었다.

"이리 와서 좀 앉아 봐."

가게는 곧 문 닫을 시간이 된 듯했다. 보담이와 향금이를 마주하고 등을 보이고 앉은 여자아이는 긴 옷을 입고 눈물을 닦아 내는 중이었다.

"누, 누군데?"

재석이 조심스럽게 물었다.

"내 친구야. 은지. 나랑 1학년 때 같은 반이었어. 보담이도 같은 반이고."

재석은 은지라는 아이를 자세히 살폈다. 어울리지 않게 긴 코트를 입었고 머리는 염색을 해서 노랗게 물들였다. 얼핏 보면 대학생처럼 보이기도 했지만 분명 고등학생이었다. 일반 학생은 저런 머리를 하지 않는다는 것을 알고 있었기에 재석은 본능적으로 학교를 그만둔 아이일 거라고 짐작했다.

"야, 은지야. 재석이랑 민성이 왔어."

향금이의 말에 은지라는 아이는 살짝 눈을 들어 두 아이를 바라보더니 다시 두 손에 얼굴을 묻고 울음을 터뜨렸다.

"흑흑흑흑흑!"

난데없는 울음에 모두 당황했다.

"얘기 좀 들어 봐."

향금이는 분을 삭이지 못해 씩씩대며 소리를 질렀다.

"병규 그 자식 뭐해? 병규."

"벼, 병규?"

재석은 이 자리에서 병규라는 이름이 난데없이 튀어 나올 줄은 정말 몰랐다. 과거 재석이네 불량서클 스톤의 짱이었던 병규는 이미 오래전에 학교를 그만두었다. 스톤도 이미 해체되었고, 학교 내에서 다른 불량서클도 사라진 지 오래였다.

"글쎄, 학교에서 잘려 가지고 어디 갔는지 모르지."

"연락 안 돼?"

"아, 알아보면 되긴 할 거 같은데……. 왜? 병규가 무슨 일인데?"

"병규 그 새끼가 못된 짓을 했잖아!!"

"못된 짓?"

"은지 봐 봐. 배부른 거."

그제야 민성과 재석은 은지가 긴 옷을 입고 온 이유를 알았다. 불편한 제과점 의자에 앉아 있어서이기도 하겠지만 은지의 배는 눈에 띄게 나와 있었다.

"그, 그럼?"

"병규가 임신을 시켰대!"

"뭐!!"

천둥 치는 소리가 들리는 것만 같았다. 임신이라니……. 청소년들 사이에 성이 문란해졌다는 소리는 예전부터 들어 왔다. 대부분의 아이들은 이미 성교육이나 친구를 통해 피임법 정도는 알고 있었다. 조심해서 성관계를 한다는 이야기를 여기저기서 소문으로는 들었지만 임신을 한 여고생이 눈앞에 나타날 줄은 꿈에도 몰랐던 재석과 민성이었다.

보담과 향금은 그동안 있었던 일을 설명하기 시작했다. 은지는 평범한 여고생이었다. 공부도 보통이었고 행동도 얌전했다. 이렇다 하게 될 일이 없는 아이였다. 문제가 있다면 아빠 엄마가 불화로 사이가 좋지 않다는 것뿐이었다.

그랬던 은지가 어느 날 재석이네 학교에 다닌다는 남학생의 사진을 보게 되었다. 키 크고 남자답게 생긴, 송충이 눈썹을 가진 남학생이었다. 멀리서 찍은 사진을 확대한 거라 해상도는 무척 떨어졌지만 그 사진은 금세 금안여고 학생들 사이에 떠돌았고, 사진의 주인공은 병규라고 알려졌다. 은지는 마치 연예인 오션처럼 생긴 병규에게 마음이 확 쏠리고 말았다.

"나 그 사진 톡으로 쏴 줘."

은지는 친구에게 받은 병규의 사진을 휴대전화의 바탕화면에 넣고 다녔다.

"병규 오빠가 내 이상형이야."

은지에게 사진을 보내 준 친구 미진이는 말했다.

"얘, 얘! 그러지 마. 걔 일진이래, 일진. 걔하고 놀아서 좋을 것 하나도 없어."

"일진이면 어때? 너무 똑같아. 오션이랑."

"글쎄, 똑같아도 공부도 못하고 사람이나 두들겨 패고 다니는 애야. 쟤, 내가 잘 알아."

"어떻게 아는데?"

"내 친구 향금이가 그러는데 민성이네 스톤 패거리래."

하지만 은지는 그 말을 들으니 병규가 더 멋져 보였다. 향금이네 반으로 찾아가 다짜고짜 향금이를 학교 뒷마당으로 불러냈다.

"향금아, 나 너한테 부탁할 게 하나 있어."

"뭔데?"

"이 아이 나 좀 소개해 줘."

"누군데?"

은지는 사진을 보여 주었다. 향금이는 고개를 갸웃했다.

"나 모르는 애야."

"네 남자친구가 잘 안대."

"누구? 민성이가?"

"응, 그 학교 일진이래. 그럼 알 거 아냐."

"야! 너 미쳤냐? 소개해 주기는……. 지금 안 그래도 민성이랑 가장 친한 친구 재석이가 주먹 쓰는 데 끼어 있어 가지고, 불량서클 때문에 내가 골치가 아파 죽겠는데."

"어우, 잘생겼잖아."

"야, 남자 얼굴 잘생긴 거 다 소용없어, 우리 민성이 봐, 민성이가 못생겼어도 애는 착하잖아. 착한 사람을 만나야지, 너 정말 왜 그래?"

"아, 정말 멋있어. 향금아, 제발 소개해 줘."

"무슨 소리야? 안 돼. 안 그래도 민성이 때문에 나도 골치야."

향금이는 거절했지만 은지의 머릿속에서는 늠름한 병규의 모습이 떠나지 않았다. 사춘기 외로움은 그렇게 한 방향으로 쏠리는 광기로 쉽게 연결되는 것 같았다.

향금이를 만나고 와서 은지는 병규에게 무작정 편지를 쓰기 시작했다. 연예인에게 쓰는 팬레터 수준 이상이었다. 매일 매일 병규에게 보낼 편지를 써서 모았다. 같은 학년인데도 병규를 오빠라고 불렀다. 왠지 그는 오빠여야만 할 것 같았다.

병규 오빠

오빠를 처음 본 순간 정말 멋있었어요. 주위 친구들에게 물어보니 오빠는 짱이라면서요? 그것도 멋있어요. 오빠는 분명히 아무 이유 없이 애들을 때리거나 혼내는 사람은 아닌 것 같아요. 그런 사람이어선 안 돼요, 오빠. 그 이유는요, 내가 있기 때문이에요.

오빠, 오늘은 이만 쓸게요. 내일 또 만나요.

그것만이 아니었다. 일기도 완전히 병규에 대한 내용으로 가득 찼다.

4월 4일 맑음

오늘은 오빠를 생각하면서 음악을 들었다. 오빠랑 같이 있다는 상상을 하며 들으니 음악도 정말 감미롭고 행복했다. 오빠는 오늘 뭘 먹었을까? 오늘 오빠랑 같이 라면과 떡볶이를 먹을 수만 있다면 당장 죽어도 좋을 것 같다.

은지는 이렇게 매일매일 편지와 일기를 썼다. 그 뜨거운 마음은 식을 줄을 몰랐다. 브레이크 없이 달리는 기차와도 같았다. 무려 수십 통의 편지가 쌓이자 은지는 향금이를 다시 찾았다.
"향금아. 나 부탁이 있어. 병규 오빠 좀 꼭 소개해 줘."
"뭐? 오빠? 걔 같은 2학년이야! 너 정신 차려."
"아니야. 나는 오빠라고 부르고 싶어."
"계집애, 너 완전히 미쳤구나."
"한 번만 만나게 해 줘. 한 번만. 안 그러면 내가 찾아가서 만날 거야."
"얘가 점점……."
"아니면 이거라도 전해 줘."

은지는 그동안 써서 박스에 고이 담아 두었던 편지와 선물을 건넸다.

"이걸 어쩌라고?"

"민성이가 네 친구라며. 민성이 통해서 병규 오빠한테 꼭 좀 전해 줘. 부탁이야, 향금아. 나 한 번만 살려 줘."

"야~ 이 계집애, 완전 미쳤네. 미쳤어. 어쩜 좋아?"

하지만 은지가 이렇게까지 매달리는데 향금이도 방법이 없었다.

"알았어! 계집애야. 이것만 전해 준다. 그 대신 다음 일은 나도 절대 몰라."

"그래, 향금아. 고마워, 꼭 전해 줘. 꼭!"

결국 향금은 민성이를 만났을 때 그 상자를 건넸다.

"뭐? 뭐라고? 이거 병규 주라고?"

"응. 병규한테 줘. 병규 팬클럽이래."

"야, 어이가 없다. 그런 녀석을……. 주면 물론 좋아하긴 하겠지만……."

민성은 서클 내의 역학구도를 볼 때, 자기가 이걸 가져다주면 결코 자신에게 나쁠 것이 없다는 생각을 했다.

"아. 알았어. 내가 한번 가져다줘 볼게. 근데, 허 참! 요즘 계집애들 웃기네. 병규가 그렇게 멋있나? 알 수가 없네."

선물을 전해 주기로 마음을 먹고 나서도 민성은 어이가 없었다.

"그러게 말이야. 아, 은지 걔가 그런 애가 아닌데. 얌전한 애거든. 어딜 어떻게 보고 그렇게 뻑이 갔나 몰라."

민성이는 이 소문이 동성여고 지민이에게 알려지면 큰일이라고 생각했다. 병규는 동성여고 일진 짱인 지민이와 오래전부터 사귀는 사이기 때문이다.

"일단 이건 받았으니 내가 소리 없이 조용히 전해 줄게. 그런데 만약 이 소문이 나면 은지는 죽음이야."

그렇게 본의 아니게 민성은 방자 노릇을 하게 되었다.

"야, 이 자식아! 그러면 너한테 책임이 있네!"

자초지종을 들은 재석이 민성을 쏘아보았다.

"나도 모르게 언제 이런 짓을 한 거야?"

"야, 향금이가 부탁해서 했지. 한참 전 일이야. 이걸 너까지 알 필요가 뭐 있어? 그리고 나는 그 뒤에 잊어버렸단 말이야. 지금에야 선물 전해 준 게 기억났어."

향금이는 그 대목에서 얼굴을 붉혔다.

"재석아, 미안해. 나도 이렇게 될 줄은 몰랐어. 은지가 병규한테 전해 달라고 그래서……."

재석은 이제 인연이 끊겨서 더 이상 얼굴 볼 일 없다고 생각한 병규가 이렇게 자기 인생에 다시 나타날 줄은 알지 못했다.

"아! 병규 이 자식은 정말!"

그때 은지가 눈을 뜨며 말했다.

"재석아."

처음으로 자기 이름을 부른 은지를 재석은 바라보았다. 고개를 드니 뽀얗고 귀염성 있는 얼굴이다. 병규 녀석이 좋아하는 스타일이라는 것을 한눈에 알 수 있을 것 같았다. 동성여고 지민이도 딱 이런 스타일이었기 때문이다. 다만 지민이는 줄담배를 피우는 골초라는 것이 다를 뿐이었다.

"재석아. 병규 오빠 욕하지 마."

"뭐? 오빠?"

"그래. 오빠는 아무 잘못 없어. 날 위해서…… 날 위해서……."

"아, 알았어……."

은지는 더 이상 말을 잇지 못하고 다시 눈물을 훔쳤다.

"그래서 너 인마! 그 편지 확실히 전해 줬었어?"

"응, 갖다 줬지. 그 뒤는 나도 몰라. 나 죄 없어. 그 뒤에 네가 빠따 맞고 나오고, 스톤이 해산되고……."

"그래서 편지를 전한 다음에 둘이 바로 만난 거야? 그러고 사고 친 거고?"

민성이가 은지에게 물었다. 그러자 은지는 고개를 저었다.

"아니, 한 달 동안 연락이 없었어."

"그래? 그런데 왜?"

"나중에 연락이 왔어. 재석이 네가 맞고서 스톤에서 나간 뒤라고 했어."

"그 자식 재석이가 서클 탈퇴한 날 허탈했나 보다. 나한테는 한마디도 안 하던데."

민성이 고개를 갸우뚱했다. 재석이 말했다.

"내가 매를 맞고 스톤에서 빠져나갔다는 건 조직적으로도 대단히 심각한 위기였을 거야."

"그럼 그 위기상황을 제대로 못 막았으니 어떻게 하니? 개가 짱이라면서."

보담이가 호기심에서 물었다.

"병규도 쌍날파에 불려 가서 죽도록 혼났을걸. 아마 병규 말고 3학년 짱 기명이 형도 호되게 맞았을 거야."

"……."

기명은 부모님이 종로에서 떡집을 크게 한다고 했다. 떡집을 물려받으라고 하도 성화라 그에 대한 반발로 주먹을 쓰고 돌아다니다 이렇게 삐딱선을 탔다는 말을 들은 적이 있었다.

"아마 그러고 나서 연락한 것 같아. 어디 하소연할 데도 없고 하니까."

"아, 병규 이 자식 정말."

그런데 진짜 문제는 그게 아니었다. 이전 일이야 어찌되었건 은지가 임신을 해서 눈앞에 있다는 게 문제였다.

"그럼 부모님도 알고 계셔?"

울면서 은지가 대답했다.

"부모님도 알아. 근데, 아기를 지우래. 나 너무 무서워. 내 뱃속에 생명이 있는데 지우라잖아. 으흑흑흑흑!"

아직 미성년인 여자애가 배가 불러 우는 모습을 보자 재석과 민성은 마음이 쓰렸다.

"야. 가자. 이 집 문 닫을 시간 다 됐어. 일단 일어나."

"그냥 가면 어떻게 해!"

"아~ 어쩌라고! 병규, 나도 몰라! 그때 학교에서 잘렸잖아! 잘린 뒤 소식은 몰라! 애들한테 물어봐야 된다고!"

재석이 짜증을 확 냈다. 아까 몽정을 했던 생각이 떠올라 더욱더 얼굴이 붉어질 수밖에 없었다. 먼저 빵집을 나와 저만치 간 다음 재석이 민성에게 말했다. 여자애들에게 들리지 않도록, 목소리를 죽여서.

"아니, 은지 저 계집애 미친 거 아니냐? 왜 애는 배 가지고……. 에휴!"

"야야, 조심해. 보담이가 째려보고 있어."

보담이는 은지를 부축하며 뒤따라 걸어오고 있었다. 입을 꼭 다문 걸 보니 뭔가 단단히 결심한 눈치였다. 그때 향금이 물었다.

"은지야, 너 어디 갈 데는 있어?"

"아니, 나 지금 갈 데가 없어. 그동안 보호소에 있었는데 엄마 아빠가 찾아온다고 해서 도망쳤어."

"보호소를 너희 엄마가 어떻게 알았는데?"

"언니하고 이모한테 몰래 연락했더니 알아냈더라고. 그래서 도망쳐 나온 거야. 갈 데가 없어서 너희한테 왔어. 병규 연락처 좀 가르쳐 줘. 흐흐흐흑!"

은지는 다시 울기 시작했다. 왜 여자들은 일은 자기들이 벌이고 이렇게 울어서 남자로 하여금 해결에 나서게 만드는지 알 길이 없는 재석이었다.

"야, 울지 마. 울지 말라고!"

보담이가 재석을 불렀다.

"재석아. 은지는 우리가 어떻게든 할 테니까 네가 좀 나서 줘."

"내가 뭘 나서?"

"병규인지 뭔지 하는 애 찾아내. 남자들은 다 똑같아. 정말 못됐어. 병규 찾아서 책임지라고 그래. 그리고 병규네 아빠 엄마도 알아야 할 것 아니야. 어떻게든 책임을 져야지. 은지가 이게 뭐야? 지금 스무 살도 안 됐는데. 학교 다니고 있어야 하는 나이인데."

속상해서 보담이가 마구 소리를 질렀다.

"야, 내가 임신시켰냐? 왜 나한테 이래?"

"아무튼 병규 찾아 와!"

그때 향금이가 말했다.

"은지야, 일단 우리 집에 가서 나랑 같이 자. 우리 아빠 엄마도 이해해 주실 거야."

"정말이야?"

"그래, 그래. 나랑 같이 가자. 걱정하지 마. 우리 집에 친구들 와서 잔 적 많아. 너도 조용히 가서 자면 돼. 나중에 이야기하면 돼. 우리 아빠 엄마는 장사 때문에 바빠서 신경도 안써. 저기 버스 온다! 버스 타자!"

그때 보담이가 말했다.

"아냐, 우리 차 저기 있어. 저거 타고 가."

김 기사가 몰고 온 부라퀴의 차에 여자아이들 셋이 타고 떠나는 모습을 보며 재석은 머리를 긁적였다.

"아! 병규 이 새끼, 이거! 정말!"

민성이는 슬그머니 휴대전화를 들어 올렸다. 어느새 동영상으로 모든 장면을 찍고 있었던 것이다.

"야! 자식아!"

민성의 뒤통수를 치며 재석이 말했다.

"넌 그걸 또 찍고 있냐?"

"야! 이런 거 다 찍어야지, 인마. 사건이잖아. 내가 다큐멘터리 찍잖아, 다큐멘터리."

"어휴! 속도 좋다, 속도 좋아."

"으음, 얼굴은 모자이크 처리를 해야겠다."

민성은 동영상 이야기를 할 때는 장난기 어린 아이 같더니, 스마트폰을 집어넣고는 심각한 표정을 지었다. 그런 민성의 표정에 재석도 덩달아 진지하게 물었다.

"너 병규 소식은 좀 들었냐?"
"글쎄, 쌍날파에 들어갔다는 말도 있고, 장사를 한다는 말도 있고……. 잘 모르겠어. 알아봐야 돼."
"그래, 좀 알아봐."
"형들한테 물어볼게. 기명이 형한테 물어보면 되지 않을까?"

부라퀴가 신고를 하는 바람에 스톤이 해체되면서 기명 역시도 학교에서 퇴학을 당한 상태였다. 기명이 말이 나오자 과거 병규와 치고받고 싸우면서 짱이 되기 위해 자웅을 겨뤘던 그때가 떠올랐다.

실전 무술인 합기도를 배웠다는 녀석은 일대일로 맞붙는 싸움에서 비겁하게 재석의 급소를 주로 공격했다. 주먹 하나를 날려도 폼과 선을 중시하는 재석으로서는 결코 있을 수 없는 일이었다.
"이 씨발 새끼가!"
병규의 손날치기가 재석의 목을 강타해 숨이 잠시 막혔을 때, 비로소 재석도 수단과 방법 가릴 것 없이 승부를 결정지어야겠다는 생각이 퍼뜩 들었다. 계속 이어지는 호흡곤란과 기침에도 불구하고 달려들어 병규의 목에 헤드록을 걸 수 있었다.
"어디, 너도 한번 당해 봐라!"

왼손으로 목을 졸라 제압하면서 동시에 몸무게를 실어 쉽게 빠져나가지 못하게 한 뒤, 재석은 오른손 엄지와 검지로 녀석의 콧구멍을 걸어 잡아 뜯었다.

"아! 아! 아!"

비명을 지르던 병규는 급박하게 또 다른 반칙을 사용해 위기상황에서 빠져나갔다. 목을 조르는 재석의 팔뚝을 문 것이다. 결국 2학년 짱을 가르는 싸움은 반칙과 피가 튀는 처절한 난투극으로 끝이 났다. 심판을 보는 3학년 짱 기명은 병규의 승리를 선언했다. 재석이 먼저 콧구멍을 찢었다는 거였다. 병규는 찢어진 코의 피를 닦으며 그렇게 2학년 짱이 되었다. 그 뒤 둘의 관계에는 미묘한 앙금이 남았다.

"아, 그때 그 새끼 완전히 밟아 놨어야 하는 건데……."

과거 맞짱을 떴을 때를 회상하며 재석이 안타까워했다.

"야! 너 그때 걔 밟아 가지고 짱 됐으면 지금 이렇게 보담이랑 사귀지도 못하고, 스톤에서 나오지도 못했어."

민성이 한심하다는 듯한 얼굴로 재석의 등을 툭툭 쳤다.

"하긴, 다 이게 운명인가 봐. 잘했지, 뭐. 그나저나 어디서 병규를 찾아야 하나? 아, 우리가 이런 문제를 어떻게 해결하냐?"

"좋은 생각이 났어! 이런 건 어른들한테 물어봐야 되잖아."

"야! 우리 엄마한테 이런 거 물어봤다가는 나 또 혼나. 병규 같은 놈하고 놀았다고 또 잔소리를 한 시간은 할 거다."
"그건 그렇지. 그러니까 말이야, 이런 건 복지관 뭐 이런 데서 해결해야 하잖아. 그때 그 복지관 기억나냐?"
"무슨 복지관?"
"화영복지관."
"야! 말도 마! 우리 사회봉사 명령 받은 데 아니야?"
"그래, 거기 권미영 선생님!"
권미영 선생은 재석을 부라퀴에게 안내한 복지관의 여선생이었다.
"어, 기억나지."
"권미영 선생님한테 물어보자!"
"뭘 물어봐? 병규를? 야, 바보냐? 선생이 병규를 어떻게 안다고?"
"그게 아니라, 미혼모 말이야. 이런 문제는 어떻게 해야 하는 거냐고."
"미혼모? 아, 그렇지? 복지관이 그런 거 하는 거랬지? 그런데 지금 전화를 걸 수도 없고……."
시간은 이미 11시도 훌쩍 넘어 있었다.
"야, 내일 물어봐, 내일. 물어보면 얘기해 주실 거야."
그렇게 해서 둘은 각자 집으로 갔다. 그나마 상의할 사람을 찾아냈다는 게 다행이었다.
그날 밤 재석은 잠을 설쳤다. 몽정을 한 이유도 있었지만,

사춘기 청소년이 한순간의 욕망과 본능을 억제하지 못했을 때 어떤 일이 벌어지는지를 두 눈으로 직접 확인했기 때문이다.

병규를 찾아라

다음 날 아침 학교에 온 재석은 복도로 나가 저장해 놓은 권미영 선생의 전화번호를 눌렀다. 권 선생은 바쁜지 한참 만에 전화를 받았다.

"여보세요. 화영복지관 권미영입니다."

"선생님. 저 기억하시겠어요? 저 재석입니다."

"재석이? 재석이가 누구지?"

"그 부라퀴……."

"부라퀴는 또 누구야?"

그러고 보니 부라퀴는 재석과 민성만 아는 별명이었다.

"보담이 할아버지……."

그제야 권 선생은 재석을 기억해 냈다.

"아! 그래. 그때 사회봉사 명령 왔었던 재석이구나. 반가워."

"선생님, 안녕하세요?"

"어, 잘 지내지? 공부도 열심히 하고?"

"네, 지금 공부하고, 글도 좀 쓰고 있어요."

"그래. 그때 열심히 일했었던 거 기억나. 그래, 어쩐 일이야?"

"선생님한테 뭐 좀 여쭤 보려고요."

"뭔데? 말해 봐."

"저 혹시 복지관에서 미혼모들도 보호해 주나요?"

"미혼모? 우리는 노인 복지관이라 그런 건 잘 안 하는데, 왜?"

"제 친구가요. 여자애를 임신시켰는데 보호시설에서 나와 가지고 갈 데가 없대요."

권 선생은 잠시 뭔가 생각하더니 조심스럽게 물었다.

"혹시 재석이 네가 그런 건 아니지?"

재석은 그 말뜻을 바로 알아들었다.

"아, 아니에요! 그건 절대 아니고요!"

재석은 펄쩍 뛰었다. 곁을 지나가는 아이들이 쳐다볼 정도였다. 어쩔 수 없이 얼굴이 홧홧해졌다.

"보담이 친구 은지라는 앤데요. 제 친구 녀석 애를 가졌다면서 어제 울면서 찾아왔었어요."

재석은 더듬거리며 자초지종을 설명했다. 권 선생은 참을성 있게 유심히 듣더니 말했다.

"그거 쉬운 문제가 아니네. 양가 부모의 도움이 필요한데."

"그렇죠?"

"응. 일단은 슬기롭게 해결해야 되는데 애가 임신 몇 개월이래?"

"그것도 잘 모르겠어요. 그냥 배가 많이 불렀어요."

"학교는?"

"학교는 지금 안 다니는 거 같아요. 휴학한 건지 관둔 건지 모르겠어요."

"그래. 당황되겠구나. 우선 그 은지라는 애한테 말해 줘. 네 잘못이 아니라고. 사람이 살다 보면 그럴 수도 있거든. 일단 잘못이 아니라고 얘기하고, 슬기롭게 해결할 방법이 있으니까 두려워하지 말라고 해. 그럼 지금 그 애는 어디 가 있니?"

"보담이 친구 향금이네 집에 있는데. 어떻게 하면 좋을지 알아보려고요."

"일단 애 아빠와 그쪽 집 부모에게도 상황을 다 말해야 돼. 아기도 보호해야 하고, 그 은지라는 아이도 보호해야지. 그게 최선인데 쉽지만은 않아. 그렇게 불안정한 상황이라면 지금은 은지라는 애를 정서적으로 보호하는 게 급선무거든."

"예. 알았어요, 선생님. 그럼 일단 그쪽 부모님들 상황은 어떤지 물어볼게요."

"그래. 그리고 언제든 문제 생기면 말해. 내가 상담해 줄게. 너무 걱정하지 말고. 문제 생기면 꼭 말해. 여자가 임신하면 정서가 불안하거든. 그러니까 잘 안정시키고. 섣불리 결정하지 말고 애 아빠 되는 애랑 그 애 부모랑 잘 상의해야 된다는 것 잊지 말고. 너희들은 미성년자니까."

"네."

권 선생은 뭔가 더 할 말이 있는 듯한 눈치였지만 애써 말을 아꼈다.

"재석이, 훌륭하다. 주변에 있는 친구들 어려움도 해결해 주고."

"아니에요. 무슨……. 훌륭하긴요."

본의 아니게 권 선생에게 칭찬을 받자 재석은 머쓱해졌다.

그날 쉬는 시간마다 재석은 과거 스톤의 멤버였던 아이들을 한 사람씩 찾아다녔다. 또 스톤 멤버는 아니었지만 약간 껄렁 끼가 있어서 스톤과 인연이 있었던 아이들도 찾았는데, 모두들 하나같이 재석의 물음에는 모르쇠였다.

"야, 너 병규 소식 아냐?"

"응? 그걸 내가 어떻게 아냐? 어떻게 됐는지 몰라."

뭔가 알면서도 의도적으로 모른 체하는 게 분명해 보였다.

"야, 말해 보라고."

"아, 몰라. 봐 봐. 휴대전화에서 지웠어."

경찰이 수사를 하고 학교를 들쑤셔서 스톤 패거리를 다 없애 버리는 바람에 조금이라도 연관되었던 녀석들도 두려워서 휴대전화 번호를 지우고 관계도 끊은 것 같았다. 녀석들이 내미는 휴대전화의 주소록에 병규는 없었다.

"그 뒤로 연락도 안 된다고."

어른들이 나서서 문제를 해결하면 그 깊은 뿌리가 단번에 뽑힐 정도로 강력하다는 것을 재석은 다시금 확인했다. 그것도 모르고 세상이 자기들 것인 양 설치고 다녔던 스톤 시절이 부끄러웠다.

저녁 야자 시간에 민성이 정보를 하나 캐 왔다.

"야. 기명이 형 연락처 알아 왔어."

"기명이 형?"

"응. 지금 기명이 형이 수유리에서 나이트클럽 기도를 하는데 병규랑 친하게 지내는 걸 봤다는 애가 있어."

"그래? 어떡하지?"

"내가 전화 한번 해 볼게."

"네가?"

"응. 재석이 네가 하면 또 욕먹을 것 아니냐? 그래도 나는 스톤에서 욕은 안 먹었잖아. 내가 성격이 좀 좋잖아."

그건 사실이었다. 민성은 어딜 가나 분위기 메이커였다. 그렇게 까불어도 미움을 받지 않았다. 민성의 장점이자 단점이었다.

"자식아, 그래, 잘났다. 잘났어! 그럼 전화해 봐."

둘은 조용한 곳으로 갔다. 받아 온 기명이 번호로 전화를 걸었다. 상대편은 한참 만에 전화를 받았다. 휴대전화 너머로 시끄러운 음악소리가 들렸다.

"여보세요?"

"여보세요? 남기명 씨 전화입니까?"

"네. 접니다. 누구십니까?"

"형! 저 민성이요."

"민성이? 이민성이? 박민성이?"

"아! 김민성이요. 옛날에 그 스톤에 있었잖아요, 형 밑에. 재석이랑."

"아! 민성이이. 그래, 이 새끼야아. 잘 지내나아?"

옛날의 말버릇 그대로 말꼬리를 길게 끌며 대뜸 욕부터 나왔다. 스피커폰으로 같이 듣던 재석이 빙긋이 웃었다.

"네, 잘 지내요. 학교 다니고 있어요."

"그래. 너 같은 범생이는 학교 다녀야지이. 어쩐 일이냐? 나한테에."

"형. 저기 뭐 좀 물어보려고요. 혹시 병규 어디 있는지 아세요?"

"병규? 2학년 짱 병규 말이지이?"

"네."

"야. 니들 땜에 잘려 가지고 인마아, 지금 병규 학교 안 다니잖아아."

"그러니까요. 병규 연락처를 알고 싶어요."

"왜 또? 때려 넣을라고오?"

"아, 그게 아니고요. 뭐 좀 물어보려고요. 좀 알려 주세요."

"그래, 알았다아. 이 폰은 영업용 폰이거든. 내가 따로 쓰는 폰이 있어어. 그걸로 번호 찾아서 문자로 넣어 줄 테니까 기다려어."

"고맙습니다."

그렇게 전화를 끊었다. 다행이었다.

"너 근데 병규 만나서 어떻게 하려고?"

민성이 물었다.

"모르지, 자식아. 일단 연락처를 알아야 책임을 지게 하든 말든 뭘 할 거 아냐. 병규네 아버지 어머니도 만나 봐야지. 권 선생님이 일단 미성년자니까 뭔가 섣불리 결정하지 말고 부모들 의견을 들으랬어."

"아, 그나저나 이 형은 왜 문자를 안 보내는 거야?"

성질 급한 민성은 휴대전화 액정화면만 들여다보았다.

"야, 지금 한창 영업하나 본데, 나중에 보내겠지."

"에이, 향금이한테나 먼저 문자 보내야겠다."

민성은 재빠른 손놀림으로 향금에게 문자를 보냈다.

> 은지는 잘 지내냐?

> 빨리도 물어보삼.

> 야, 나도 지금 병규 알아보느라 바쁨.

> 연락처는 안 거임?

> 연락처 받기로 했삼.
> 연락처 오면 내가 병규하고 통화해 볼 거임.

 향금과 메시지를 줄기차게 주고받으면서도 민성은 계속 기명의 문자를 기다렸다.
 "야! 연락 안 오네? 연락 준다더니 아무래도 많이 바쁜 모양이야."
 "느긋하게 기다려 봐."
 재석과 민성은 어두워진 학교 운동장 벤치에 앉아 대화를 나누었다. 가만히 운동장을 바라보고 있자니 재석은 문득 민성이가 어젯밤에 운동장 가득한 아이들의 모습을 찍은 것이 생각났다.
 "야, 넌 매일 그렇게 찍어 대는 동영상, 어디다 쓰려고 그래?"
 "맞아! 동영상. 내가 어제 찍은 그 동영상 봤더니, 우와~ 정말 은지의 슬픔이 화면에 꽉 차는 거 있지?"

"그래?"

"응. 애들 까불고 장난치는 것만 찍다가 은지가 울면서 흐느끼는 거 찍으니까, 우와! 이게 한 편의 영화 같아."

"이 자식아! 남의 일에 영화가 뭐냐? 영화가."

"좋은 말이야, 인마! 은지의 슬픔이 고스란히 느껴지는 거야. 진짜 명감독과 명연기가 사람을 울리는 이유를 알겠더라고. 그리고 차 타고 떠나는 것까지 내가 찍었잖아. 그 가로등 불빛 너머로 떠나는 장면……. 우와! 디졸브로 처리하면 그건 바로 예술이야! 예술."

민성은 짬짬이 촬영 관련 책을 사서 골머리를 싸매며 읽곤 했다. 디졸브라는 전문용어도 아마 그 책에서 보고 주워섬기는 것 같았다.

"디졸브가 뭐냐?"

"뭐? 디졸브? 이 김 감독이 디졸브라고 했냐? 크아! 전문용어 나와 버렸네. 디졸브라는 것은 말이야. 장면 A가 장면 B로 넘어갈 때 대개는 딱 끊고 넘어가잖아. 그런데 디졸브는 말이야, 두 화면이 슬그머니 겹쳐지면서 넘어가는 거야. 알겠어?"

"왜 그러는 건데?"

"이런 무식하기는. 그렇게 해야 시간이 서서히 흘러갔다는 뜻도 전해지고, 장면이 부드럽게 전환된다고. 뭘 좀 알아라, 인마! 에헴."

"에라, 자식아!"

짐짓 주먹을 들어 올리자 민성이 저만치 달아났다. 둘은 주머니에 손을 넣고 교실로 발걸음을 옮겼다.

"아, 그나저나 나도 조심해야지."

민성이 재석의 눈치를 힐끗 보면서 허공을 바라보며 낚시를 던졌다.

"뭐?"

"아, 향금이 잘못 건드렸다가 임신이라도 하면……."

"뭐? 너, 인마. 그렇게까지 됐어? 정말이야? 이것들이!"

재석이 펄쩍 뛰며 정색을 했다.

"너 왜 그래, 인마! 보담이 같은 요조숙녀랑 사귀니까 내가 부럽냐?"

"부럽긴, 자식아. 너 어디까지 간 거야? 설마 정말……."

"아니야. 농담이야, 농담. 향금이가 얼마나 까다로운데. 키스 딱 한 번 해 봤어. 키스, 키스."

"정말이지?"

키스도 재석이한테는 엄청난 일이었다.

"그래 키스만 해 봤어. 내가 조금만 더 손대려고 하면, 아휴~ 향금이가 그냥 잡아먹으려고 해."

그래도 재석은 키스까지 해 본 민성이 무척 부러웠다. 아니나 다를까 녀석이 되물었다.

"너는 보담이랑 어떻게 됐냐? 키스는 해 봤냐?"

그 순간 재석의 얼굴이 홍당무로 변했다.

"으이구, 키스도 안 해 봤구나? 야, 자식아! 진도 좀 나가라, 나가."

"야! 보담이한테 어떻게, 인마!"

"야, 보담이는 여자 아니냐? 공부 잘하고 얼짱이면 입술이 없냐? 자식아. 들이대!"

재석의 얼굴이 더 붉어졌다. 어젯밤의 몽정이 떠올랐기 때문이다.

"아이구, 아이구. 뭐 있구먼?"

"시끄러, 인마! 떠들지 마."

불현듯 어디선가 바람이 불어왔다. 그 바람이 마치 두 아이에게 들이닥친 청춘의 열기를 식혀 주는 것만 같았다.

"아, 조심해야지, 정말. 향금이가 가끔 적극적이야."

"그래?"

"응. 내가 진도 좀 나가려고 하면 싫어하다가도, 지가 갑자기 생각나면 막, 내 엉덩이도 꼬집고, 막 가슴도 문질……."

"에? 정말이야? 가슴도 만져?"

"야야, 절대 말하지 마. 물론 개는 장난이지, 장난. 그래도 그럴 때는 말이야. 아우, 미치겠어."

향금이가 생각났는지 갑자기 민성이는 후다닥 달려가더니 복도 벽을 이단 옆차기로 걷어찼다.

"아으!"

그 심정이 너무도 잘 이해되는 재석이었다. 본능으로 들끓는 젊음의 열정은 정말 운동이나 스포츠 같은 것으로라도 풀지 않으면 견딜 수가 없기 때문이다. 지나가는 여자만 바라봐도 본능이 불끈불끈 고개를 들곤 하기 때문이다.

"야, 참아라! 참아. 남들이 보면 미친 줄 알겠다."

교실에서는 아이들이 쉬는 시간을 마치고 조용히 들어가 자율학습을 하고 있었다.

두 번째 가출

 강남역에는 늘 사람의 물결이 쓰나미처럼 거리를 쓸고 지나갔다. 온갖 액세서리로 치장을 하고 사람들의 시선을 끌려는 여자부터 머리부터 발끝까지 쫙 뽑아 입고 패셔너블하게 반짝이는 구두를 신고 활보하는 직장인, 그리고 노점상에서부터 주차요원까지 온갖 인간군상이 나름의 목적을 가지고 이리저리 움직였다.
 "아, 정말 인간들 많다."
 재석이 인파를 거스르며 강남역 5번 출구에 모습을 드러냈다.
 "정말 많네."
 민성이 함께 걸으며 좌우를 휘휘 둘러보았다. 재석과 민성은 야자를 빠지고 권 선생을 만나기로 한 강남역 근처 커피숍에 먼저 가서 자리를 잡았다. 조금 기다리자 권 선생이 모습을 드러냈다. 이제 막 직장에서 퇴근한 전형적인 직장인의 모습이었다. 하지만 사회복지사답게 꾸밈은 수수하기 이를 데 없었다.

"안녕하세요?"

민성과 재석이 자리에서 일어나 인사를 했다.

"오랜만이야. 이야, 둘 다 키들도 더 크고 어른이 다 됐네."

세 사람은 자리에 앉았다. 권 선생이 음료수를 주문해 앞에 놓아 주었다.

"그래. 이야기는 들었는데 미혼모 아이가 생겼다고?"

"네."

재석과 민성은 결국 권 선생을 만나 직접 상담을 받기로 했다. 은지는 한사코 나오지 않겠다고 해서 이렇게 남자만 둘이 나오는 이상한 모양새가 되고 말았지만.

자초지종을 자세히 들은 권 선생의 얼굴에 심각한 표정이 어렸다.

"어떻게 처리해야 할지 모르겠어요. 애 아빠가 저희랑 불량 서클에 같이 있던 앤데 지금 연락처를 알아보는 중이긴 한데 아직 통화를 못했어요."

"그렇구나. 빨리 알아봐야겠네."

"그런데 좀 걱정도 돼요."

"무슨 일로?"

"서클에 조직 폭력배가 개입돼 있거든요. 쌍날파라고. 그래서 잘못하면 저까지 말려들 것 같아서요."

권 선생은 고개를 끄덕였다.

"맞아, 재석이가 불량서클에 있다가 나왔다고 그랬지?"

"네, 선생님. 이걸 어떻게 처리해야 돼요? 좀 알려주세요."

권 선생은 잠시 생각을 하더니 말했다.

"재석아, 우리나라에서는 현재 미혼모, 특히 청소년 미혼모가 1년에 만 5천 명 정도 생긴다고 보고 있어."

"그, 그렇게나 많아요?"

"그래. 그런데 아기를 낳는 아이들은 5천 명에서 만 명 사이니까 반 이상은 불법으로 낙태를 한다는 거지."

차분하게 권 선생은 미혼모 청소년들의 임신에 대해서 설명을 해 주었다.

"그럼 이 아이들을 누군가가 보호해 주어야 하잖아. 은지는 누가 보호하고 있지?"

"음, 미혼모 시설에 있다가 도망쳐 나왔거든요. 어쩌다가 그 위치를 부모님이 알았다나 봐요. 그래서 아기를 지우라고 할 게 뻔해서 도망쳐 나왔대요."

"그렇구나."

권 선생은 한숨을 푹 내쉬었다.

"미혼모 시설에 들어갈 수만 있어도 행복한 축에 들어. 현재 우리나라에서는 미혼모의 30퍼센트 정도만 수용할 수 있거든."

처음 듣는 이야기였다. 그렇다면 나머지 아이들은 어떻게 아기를 낳고 돌보는지 상상도 되지 않았다. 청소년이 임신을 하면 얼마나 무서운 일이 벌어지는지 재석과 민성은 피부로 느끼며 이야기를 들었다.

"정말 중요한 문제는 이거야. 아기도 중요하고 생명도 중요하지만, 미혼모 입장에서 가장 큰 문제는 애를 낳고 학교로 돌아갈 수 없다는 거야."

"왜요? 왜 학교로 못 돌아가요? 아기 낳는 거하고 공부하는 거는 아무 상관없잖아요."

민성이가 물었다.

"그렇지. 상관없지. 만약 우리나라가 대만이었다면 달랐을 거야. 대만에 실태조사를 하러 간 적이 있는데 너무 부러웠단다. 글쎄, 대만에는 여고 안에 아기 젖 먹이는 방이 있거든. 여고생이 학교에서 아기 젖을 먹일 수도 있고, 산부인과에도 청소년만 들어갈 수 있는 문이 따로 있어. 다른 사람들 시선을 의식하지 않고 들어와서 마음껏 상담을 받으라는 거지. 사회 분위기가 그러니까 아이를 낳고도 학교를 가는 게 거기서는 자연스러운 거고."

"와, 정말요?"

"응. 미혼모를 적극적으로 보호하겠다는 거야."

"우리나라 같으면 아마 난리가 날 텐데 말이에요. 쉬쉬하고 집안도 풍비박산이 나고."

민성이 호들갑을 떨었다.

"그렇지? 민성아, 생각을 해 보자. 이런 문제는 시각을 바꿔야 하는 일이야. 자, 이 컵에 물이 반이 들어 있잖니? 이게 물이 많이 들어 있는 거니? 아니면 조금 들어 있는 거니?"

"많이요."

"조금이요."

재석이는 많다고 했고, 동시에 민성이는 적다고 했다.

"그렇지? 물배가 가득 찬 사람이 볼 때는 이 반 잔도 굉장히 많은 거겠지? 하지만 요리를 하거나 설거지를 할 사람에게 반 잔은 턱도 없잖니? 이렇게 시각을 바꾸면 같은 사물을 놓고도 다르게 볼 수 있단다. 임신한 학생은 우리 사회에서 약자잖아. 그러면 당연히 보호를 해 줘야 하지 않겠어? 임신한 사람들은 요금도 할인해 주고, 각종 혜택을 받는데 왜 여고생은 안 되는 거야?"

"……."

그 말을 듣자 재석과 민성은 소위 '멘붕'이 오는 것만 같았다. 이전까지는 남자애들과 자고 임신을 한 게 큰 사고를 친 것이고, 학교에서 퇴학을 당해도 마땅하다고 생각했는데 듣고 보니 그게 아니었다. 지금까지 아무 의심 없이 옳다고 믿고 타당하다고 여겼던 것들이 보는 시각에 따라 그렇지 않을 수도 있다는 것을 깨달았기 때문이다.

"게다가 우리나라가 어떤 나라니, 지금? 인구가 부족해서 다문화 가족을 받아들이고 외국인 노동자들이 들어와서 일하잖아. 그리고 국민은 나라의 재산인데, 뱃속의 생명도 소중하게 여겨야지."

"하지만 선생님, 그러면 학교에 소문이 나잖아요? 여자애가 임신했다고."

"학교 교장은 학생을 보호할 의무가 있어. 임신한 학생도 예외가 아니지. 청소년이 임신을 해도 얼마든지 학교를 다니다가 아기를 낳고 오면 다시 공부할 수 있게 해 줘야 해. 물론 학교는 다른 학생들의 생활지도상 안 좋다는 이유로 애들을 내쫓으려고 하지. 자퇴를 하도록 하거나 다른 학교로 전학을 권하기도 하고 말이야. 하지만 생각해 봐. 고등학교도 졸업 못하면 무슨 일을 하겠니? 쉽게 취직을 할 수 있을까? 게다가 애까지 딸렸는데?"

"그러니까요."

"오히려 그런 사람일수록 돈을 더 벌고 많이 벌어야 애들을 키우며 잘살 수 있어. 고등학교도 못 나왔는데 이 사회에서 무슨 일을 하겠어? 할 일이 없지. 결국은 사회의 가장 낮은 바닥으로 떨어지고 마는 거야."

"아, 정말 그렇겠어요. 몰랐어요."

"선진국에서는 그런 경우 학생에게 장학금까지 줘. 아이를 잘 기르려면 학교에서 도와줘야 한다고 말이지. 그게 맞는 거 아니야? 좀 과격한 비유지만, 임신해서 힘들게 공부하는 건 마치 장애인이 애써서 학업을 하는 것과 마찬가지라고."

듣고 보니 그동안 윤리나 도덕이라는 이름으로 무장하고 있던 생각들이 다 뒤죽박죽이 되어 버렸다. 그날 권 선생은 재석과 민성에게 중국집 음식까지 푸짐하게 사 주고는 아이들과 밤늦게 헤어졌다.

"은지라는 아이 잘 지켜보다가 문제가 생기면 나한테 연락해. 내가 도와줄 테니까."

"네."

"꼭 연락해. 지금 이 순간 가장 힘든 사람이 바로 은지야. 어떻게든 무사히 아이를 낳고 학교로 복귀하는 게 급선무야. 너희들이 도와줘야 해."

헤어지고 돌아오며 두 아이는 머리를 싸맸다.

"이거 보통 문제가 아니다."

"그러게 말이야."

"아, 어떡하지?"

"진짜 이거 어떡해야 되냐."

"으악, 나도 모르겠어."

"병규도 아직 연락 안 됐는데, 은지한테 다시 학교로 돌아가라고 하면 또 도망가거나 번호 바꿀 텐데."

"부모가 나서야 한다니까 골치잖아. 애 떼라고 난린데."

"야, 병규 찾아 주다가 우리가 쌍날파에 잘못 걸려서 끌려 들어가면 어떡해?"

"그것도 문제고, 이것도 문제고, 와, 미치겠다! 하여간 애는 일단 무조건 건강하게 낳아야 되고, 은지 얘기도 자세히 들어 봐야 할 것 같아."

"그래. 일단 은지를 만나서 이야기나 해 보자."

일단은 권 선생에게 들은 여러 가지 이야기를 은지에게 들려주는 것이 도움이 될 것 같았다. 민성은 일단 향금에게 문자를 보냈다.

> 은지랑 같이 만날 수 있어?

향금이에게서 바로 답 문자가 왔다.

> 너희들 어디야?

> 권 선생님 만나고 지금 헤어짐.
> 상담 받음.

> 지금 은지 집 나감.

이건 또 무슨 소리인가 싶었다. 재석과 민성은 깜짝 놀라 전화를 걸었다. 기다렸다는 듯 향금이 전화를 받았다.

"무슨 일이야?"

"지금 은지가 편지 한 장 쓰고 나갔다고. 이 계집애 어디로 갔는지 모르겠어. 걱정돼 죽겠어."

"야, 거기 기다려 봐. 지금 갈 테니까."

두 아이는 허둥지둥 택시를 잡아타고 향금이네 집을 향해 달렸다. 향금이는 동네 빵집에 나와 있었다.

"야, 너 왜 구박했냐?"

민성이 보자마자 향금에게 통을 놓았다.

"미쳤냐? 내가 애를 구박하게? 야자 마치고 집에 와 보니까 은지가 이렇게 메모를 남겨 놨잖아."

노란 포스트잇 몇 장에 은지는 편지를 썼다.

> 향금아, 미안해.
> 너희 집에 너무 신세를 오래 지는 것 같아.
> 내 문제는 어떻게든 내가 해결해 볼게.
> 그동안 고마웠어.
> 재석이하고 민성이한테도 고맙다고 말해 줘.
> 나는 정말 괴로워.
> 어디에 도움을 청해야 할지 모르겠어.
> 하지만 우리 아기는 꼭 내가 지킬 거야.
> 안녕.

메모를 읽는 민성과 재석은 가슴이 미어지는 것 같았다. 이건 자신들끼리 해결할 수 있는 문제가 아닌 듯했다.

"아이 참, 너 좀 잘해 주지."

"글쎄, 내가 잘해 줬다니까."

화가 나서 향금이 막 펄펄 뛰었다.

"야, 지금이라도 찾아보자. 갈 만한 데 뻔하잖아. 임신한 애가 뭐 어디 멀리 갔겠어?"

재석이 먼저 냉정을 찾았다.

"그래. 야, 넌 이 위로 뒤져. 난 아래로 뒤질게."

"편의점이랑 카페라든가 그런 데 다 뒤져 봐."

"그래."

재석은 미친 듯이 길가에 있는 카페와 편의점과 빵집을 죄다 들어가 보았다. 식당까지 들어가 보았다. 하지만 은지가 차를 타고 어딘가 멀리 가 버렸다면 이것도 다 소용없는 짓이었다. 몸도 무거운 아이가 어디로 갔을까 싶으니 덜컥 나쁜 생각이 들었다. 재석은 젊은 시절 혼자서 자기를 키우던 엄마의 설움이 새삼스럽게 자신을 덮쳐 오는 것만 같았다. 이대로 놔두면 은지가 어떻게 될지 눈앞이 캄캄했다.

"은지야! 은지야!"

골목마다 외치며 뛰어다녔지만 어디에도 은지는 없었다. 골목 끝에 이르러 이제는 거의 자포자기할 즈음이었다. 주택가가 시작되는 마지막 커피숍에서 문을 닫으려고 종업원들이 입간판을 집어넣고 있는데, 얼핏 그 안에서 낯익은 노란색 머리가 보였다. 은지였다. 문을 벌컥 열고 뛰어 들어간 재석이 은지 앞에 섰다. 뛰어다니느라 거칠어진 숨을 몰아쉬며 은지를 불렀다.

"야, 은지야! 너 여기 있었구나."

"어머, 재석아."

눈을 살짝 들어 재석을 바라본 은지는 바로 고개를 떨어뜨렸다.

"야, 향금이가 얼마나 찾는지 알아? 빨리 가자."

그 순간 은지가 눈물을 떨구기 시작했다. 마치 잘 영근 봉숭아 씨방을 톡 건드려서 씨앗이 사방으로 튀는 것만 같았다.

"흑흑흑!"

"왜 울어?"

"흑흑흑! 나 죽고 싶어! 흑흑흑."

그 이야기를 듣자 재석은 자신도 모르게 은지의 배 쪽으로 시선이 갔다. 불룩한 배를 보며 저 안에 있는 아이는 무슨 죄가 있나 싶어지니 갑자기 울컥했다.

"야, 이 바보 같은 계집애야! 죽긴 왜 죽어. 그런 얘기 아기가 다 듣는단 말이야. 나와! 빨리."

자기도 모르게 화가 북받친 재석은 거칠게 은지의 손목을 잡고 커피숍을 나왔다. 다른 손으로는 민성에게 문자를 보냈다.

> 찾았어, 빵집으로 와.

아까 만났던 빵집 앞으로 가자 향금이와 민성이가 서 있었다.
"은지야!"
향금이는 은지를 발견하자마자 달려가 끌어안고 흐느꼈다.
"미안해, 향금아. 갈 데가 없었어. 흑흑흑! 막 걸어가다가 추워서 커피숍에 들어갔는데 재석이가 찾아왔어. 미안해. 잘못했어."
"바보야, 네가 뭘 잘못해. 우리가 눈치 준 것도 아닌데 왜 나간 거야."
"아니야, 미안해. 내가 잘못했어."
"우리 집으로 가자."
향금이가 끌어당겼지만 은지는 움직이려 하지 않았다.
"아니야, 나 신세를 너무 많이 져서 싫어. 미안해."
"야, 그럼 어떡하려고 그래? 이 몸으로 여관 같은 데 갈 수도 없고……."
무엇 때문인지 은지는 단호했다. 대책도 없으면서 집을 나오더니, 지금도 이렇게 고집을 부리고 있다. 아마도 임신한 여자 특유의 예민함 때문인 것 같았다. 어쩔 수 없다고 생각한 재석이 나름의 대안을 내놓았다.
"알았어. 그러면 내가 보담이에게 부탁해 볼게."
결국 부탁할 사람은 보담뿐이었다. 아이들이 실랑이를 벌

일 동안 재석이가 보담에게 전화를 걸었다.

"재석이구나? 무슨 일이야? 나 지금 들어왔어."

"보담아, 은지가 향금이네 집이 불편해서 못 있겠나 봐. 너희 집에 좀 있으면 안 될까?"

"그래? 아, 그렇구나. 걔네 엄마 아빠가 장사하셔서 낮에 아무도 없고, 혼자 있으려니 불안해서 마음고생이 되었나 보네. 5분만 기다려 봐. 할아버지랑 엄마 아빠에게 물어볼게."

"응."

보담은 다시 전화를 주기로 했다.

"야야, 그만들 실랑이하고 이리 와. 일단 편의점으로 가자."

재석은 아이들을 이끌고 편의점으로 들어가 음료수를 하나씩 사서 안겼다.

"은지야. 내가 오늘 사회복지 담당하는 분을 만났는데 그건 네 잘못이 아니래. 그리고 우리나라 사회가 아직 열려 있지가 않아서 그런 거래. 여학생이 임신할 수도 있고 애를 낳을 수도 있는데 우리 사회가 잘못돼서 그런 거라니까 너무 속상해하지 마. 조금만 기다려 봐."

"흑흑흑!"

따뜻한 위로에 은지는 울음을 터뜨렸다. 민성이는 그새 또 스마트폰으로 이 장면을 찍고 있었다. 향금이는 뭐라고 한마디 하려다가 아예 포기했다는 듯 민성이 쪽을 쳐다보지도 않았다. 무슨 일만 있으면 동영상부터 촬영하고 보는 민성이였다.

"우리나라에서 애 낳는 미혼모가 1년에 5천 명이나 된대. 걱정하지 마. 너만 그런 거 아니야."

재석이는 마음을 다해 위로를 해 주었다. 그리고 은지가 울음을 그치고 차분해지자 조심스럽게 말했다.

"보담이한테 물어봤어. 보담이네 방 많거든. 거기에 며칠 좀 있을래?"

은지가 긍정도 부정도 하지 않는 것을 보며 재석은 보담이네 집에서 약간이나마 시간을 벌 수 있겠다고 생각했다. 그때였다. 재석이의 전화벨이 울렸다. 보담이었다.

"우리 집으로 와. 할아버지가 와도 된대. 그리고 엄마도 걱정하지 말래. 몇 달이고 있어도 되고 우리 집에서 애를 낳아도 좋대."

"그래, 고마워."

재석은 전화를 끊고 은지에게 말했다.

"은지야, 보담이네 집으로 가자. 보담이네는 방도 넓고 집도 커. 일하는 아줌마도 있으니까 더 편하게 있을 수 있을 거야."

향금이도 고개를 끄덕였다.

"은지야, 그래. 보담이네 집이 훨씬 잘살고, 깨끗하고 좋아. 거기 가서 며칠만이라도 지내 보자."

은지는 말을 잇지 못했다. 어쩌다 자기가 집을 나와 이렇게 오갈 데 없는 신세가 되었는지 모르겠다는 서러움 때문이었다. 흐느끼는 은지를 데리고 재석이가 택시를 태워 떠나는 걸 향금이와 민성이는 쳐다보기만 했다. 어느새 시곗바늘은 11시를 향해 달려가고 있었다.

아빠 없는 서러움

 며칠 뒤였다. 쉬는 시간인데 2학년 1반 교실에 재석이 나타났다. 여기저기서 웅성대며 떠들던 녀석들이 무표정한 얼굴로 재석과 민성을 바라보았다. 학교에서 재석을 모르는 아이는 없었다.
 "애들아, 내 얘기 좀 잠깐 들어 줘."
 떠들던 아이들이 주목했다. 과거에 주먹을 쓰던 위력이 남아서인지 재석이가 뜨자 아이들은 호기심을 드러냈다. 그래도 공부하는 아이들은 책만 들여다봤고 껄렁거리는 녀석들은 교실을 드나들며 부산했다.
 "애들아, 너희들에게 도움을 청하려고 왔어."

"뭔데?"

"내가 아는 여자애가 실수로 임신을 했어. 자세한……."

"와, 임신? 와, 어떤 놈이냐?"

"허허, 쏭쏭했단 말이야?"

여기저기서 아이들이 야릇한 표정으로 한마디씩 떠들어 댔다. 재석이 날카로운 눈빛을 쏘아 보내자 찔끔한 녀석들이 시선을 피했다.

"이런 얘기하기 나도 어려운데, 청소년도 임신할 수 있고 실수할 수 있어. 그런데 우리는 그런 애들을 받아주지 않잖아. 임신한 애가 학교 다니는 거 상상도 못하지. 지금 학교를 관두고 갈 데가 없어서 괴로워하는 여자애를 하나 알게 되었거든. 배는 불러 오는데 난처해졌어. 집에서는 애를 떼라고 하고, 보호소에서는 탈출하고. 그래서 우리가 조금씩 도와주면 어떨까 싶어서 왔어."

"그게 누구 앤데?"

교실 한쪽 구석에서 한 녀석이 물었다.

"그걸 말할 수는 없어. 지금 그 녀석과 연락도 안 돼. 분명한 건 학교를 같이 다닌 우리 친구 녀석이 임신을 시켰다는 거야. 거기까지만 말할 수 있으니까 좀 도와주라."

재석이의 진정 어린 이야기에 아이들 몇몇이 고개를 끄덕였다. 잠시 아이들 사이에 술렁임이 일었다.

"우리가 도움이 얼마 안 될지도 모르지만 그래도 또래가

겪는 고통을 모른 척할 순 없지 않냐?"

앞자리에서 책만 보고 있던 범생이 녀석이 가방에서 지갑을 꺼내더니 만 원 짜리 한 장을 민성이가 들고 있는 바구니에 넣었다. 그걸 보고 여기저기서 환호성이 울렸다.

"오, 멋진데?"

"대박!"

그게 도화선이 되어 아이들이 조금씩 돈을 내기 시작했다. 천 원짜리나 동전으로 바구니 바닥이 뒤덮일 정도가 되었다. 민성이가 교단으로 와서 말했다.

"고맙다, 애들아."

동전과 천 원짜리가 태반이었지만 재석은 뭔가 남을 위해 일한다는 사실이 뿌듯했다. 그렇게 쉬는 시간마다 한 반씩 돌고 있는데 김태호 선생이 수업에 들어와 물었다.

"재석이, 모금은 잘되냐?"

"네, 선생님. 조금씩밖에 안 걷히지만 그래도 도와주는 애들이 있어요."

"그래, 계속 노력해라."

김태호 선생에게는 어제 미리 이야기를 해 두었었다. 은지라는 이름을 밝히지는 않았지만, 꼭 도와줘야 할 여학생이 있는데 모금을 해 보면 어떻겠느냐고 물었던 것이다. 물론 이 아이디어는 재석의 것이었다. 김태호 선생은 잠시 고민하더니 말했다.

"글쎄, 아이들에게 호응이 있을까 모르겠다."

"그래도 한번 해 보고 싶어요. 호응이 있으면 좋고 없어도 할 수 없죠. 일단 이렇게라도 청소년의 성 문제와 임신에 대해 함께 고민해 볼 수 있지 않을까요?"

"네가 그렇게까지 진심이라면 교장 선생님께 말씀드려 볼게. 재석이가 누군가를 위해 도움을 준다고."

김태호 선생이 나서서 허락을 받아 주었다. 그 대신 학교 측은 개입하지 않기로 하고 재석이가 자발적으로 모금 활동을 하는 것은 인정하는 방향으로 결정된 것이었다. 재석은 그렇게 며칠간 각 교실을 돌며 돈을 모았다. 그렇게 해서 모은 돈은 고스란히 비닐봉지에 담아 학교 행정실의 금고 안에 넣어 두었다. 모금 과정에서 잡음이 없도록 하기 위해서였다.

이틀 뒤 김태호 선생과 재석, 민성, 그리고 몇몇 아이들이 나서서 돈을 세어 보았더니 놀랍게도 50만 원 넘는 큰돈이 모였다.

"야, 53만 5천 원이다."

"니들 돈 많이 냈구나. 요즘 애들도 조금은 의리가 있구나."

김태호 선생은 약간 감격한 것 같았다.

"선생님, 고맙습니다. 지금 금안여고에서도 모금을 하고 있고요. 옆에 있는 한성여고도 하고 있대요. 이제 우리 학교는 다 모았으니까 한번 가지고 가 볼게요."

"그래, 수고했다. 재석이 이 녀석 이제 주변 친구들 문제에도 관심을 갖고, 쓸 만한걸?"

김태호 선생이 재석의 등을 툭툭 쳐 주었다.

"감사합니다. 선생님."

돌아서는데 김태호 선생이 재석을 따로 불렀다.

"재석이 잠깐 보자."

"네?"

민성이 없는 조용한 곳으로 간 김태호 선생이 물었다.

"너 왜 이렇게 이 일에 나서는 거냐? 듣자 하니 너와는 크게 관계도 없는 일 같은데."

"……."

"이상하잖아. 네가 갑자기 사회복지사라도 되는 것처럼 이러니까."

"그, 그게요."

재석은 그제야 왜 이렇게 은지 일에 발 벗고 나서게 되었는지를 생각해 보았다. 특별히 원하는 것이나 바라는 것도 없었다. 그런데 왜 이렇게까지 나서는 것일까? 은지의 부른 배가 떠오르자 갑자기 그 이유가 분명해졌다.

"은지가 낳는 애는 아빠 없이 자랄지도 모르잖아요."

"……."

김태호 선생이 잠시 당황했다.

"저는 그게 뭔지 좀 알거든요. 아빠가 없다는 거. 그래서요. 그거뿐이에요."

재석이 돌아서자 김태호 선생은 고개를 끄덕였다. 재석에게 언뜻언뜻 보이는 결핍감이 아버지의 부재 때문이라는 것을 알았기 때문이다.

"짜식, 제법이네."

김태호 선생은 이렇게 재석이 남의 고통을 자신의 것으로 여길 정도로 성장했다는 사실이 대견했다.

재석이 돈을 들고 학교를 나설 때 민성이 동영상을 찍던 스마트폰을 집어넣고 휘파람을 불었다.

"야, 50만 원 모으는 거 금방이네. 대박이야."

"인마, 50만 원이 뭐가 많으냐? 파카 한 벌이 얼만데, 100만 원 넘는 것도 떡하니 입는 놈들이 태반인데 50만 원을 전교에서 걷다니 정말 짜증난다."

재석이가 운동장의 돌멩이를 걷어찼다.

"야야, 그래도 애들이 자기 돈으로 낸 거잖아. 파카는 엄마 아빠 졸라서 사는 거고. 게임하거나 먹어 없앨 돈이었는데 가상하지, 뭘 그래?"

그날 저녁 금안여고 앞에서 재석과 민성, 보담이와 향금이, 그리고 한성여고 학생회장인 여자애가 한자리에 모였다. 모아 온 돈을 모두 합쳐 보니 180만 원 정도가 되었다. 여학생들에게는 좀 더 공감을 얻었는지 많은 돈이 걷혔다.

"야, 이거 다 해 봐야 200만 원도 안 되는데."

은지 몰래 돈을 모은 것은 은지가 월세방이라도 얻어서 나갈 수 있게 해 주기 위해서였다. 돈은 제법 모였지만 이 돈 가지고 어디 안정적인 방을 얻기엔 턱없이 부족하다는 것을 아이들은 알고 있었다.

"이걸 가지고 어떻게 방을 얻어 줘? 애도 낳고 살려면……."

"글쎄, 걱정이네. 애 낳을 때까지만이라도 편히 있어야 하는데."

"우리 학원 앞에 가 보면 지방 수험생들이 지내는 곳이 있는데 보증금 없이 월세가 70만 원이래. 그러면 두 달밖에 못 있잖아. 아, 정말 걱정이다."

그때 보담이가 말했다.

"은지가 곧 아기를 낳을 거니까 우선 그때까지만이라도 쓸 수 있는 방을 얻어 주고, 그다음에는 다시 방을 얻든 하자. 우리 할아버지가 도와주실 수 있댔어."

"정말? 부라퀴 할아버지가? 우와, 그럼 다행이지."

민성이는 신나서 문제가 다 해결된 것처럼 좋아했다.

"근데 은지가 문제야. 은지가 신세 지는 게 싫다고 그래."

은지는 보담이네 집에 가서 다행히 마음의 안정을 찾은 것 같았다. 부라퀴를 만난 후 자신은 아직 희망이 있고 얼마든지 헤쳐 나갈 수 있다는 용기를 얻은 것이다.

"우리 할아버지가 은지한테 좋은 말씀을 많이 해 주셨어."

"뭐라고?"

부라퀴는 처음 봤을 때는 아무 말도 하지 않았다. 그저 그윽하게 바라보기만 했다. 그리고 간신히 입을 열어 떨리는 목소리로 첫 마디를 꺼냈다.
"아가, 네 잘못이 아니다."
그 한마디에 은지는 설움의 눈물을 쏟으며 무너졌다.
"으으으흑! 할아버지이!"
그동안 은지는 수없이 많은 자책으로 더 이상 상처를 줄 수도 없을 만큼 스스로를 학대했다. 어른들 그 누구도 은지를 위로해 주지 않았다. 아무도 그렇게 된 사연을 들어주지 않았다. 무조건 잘못했고 실수했고, 멍청하다고만 말했다. 엄마와 아빠는 "같이 나가 죽자."고까지 했다. 무너지기 직전인 은지를 버티게 한 건 뱃속에서 발길질을 하는 아기뿐이었다. 그렇게 힘들 때마다 은지는 뱃속의 아기를 만지며 말했다.
'아가야, 미안해. 엄마가 못나서. 하지만 내가 꼭 너를 지켜줄 거야. 꼭! 엄마가 잘 버티도록 도와줘.'
그러던 은지의 휑한 가슴에 부라퀴의 말은 가뭄의 단비 같았다. 온몸이 마비돼서 입으로 붓글씨를 쓰는 부라퀴를 보자 자포자기했던 자신이 부끄러웠고, 거기에 따듯한 말까지 덧붙여지니 설움이 복받치며 무너져 내린 것이다.
엉엉 울고 있는 은지를 지켜보던 보담이네 아빠 엄마는 난감해 했다. 아직 스무 살도 되지 않은 여자애가 배가 불러서 딸과 함께 집에 들어온 걸 보고 있자니 마음이 착잡했다. 은지의 부모를 보지는 못했지만 만일 보담이가 저렇게 되었다면 어땠을까를 생각하니 그 마음을 짐작할 수 있었다. 자식을 고이 길러 뜻하지 않은 운명으로 흘려보내는 그 안타까움. 그건 말로는 표현할 수 없는 것이리라. 부모로서 어떤 아픔을 겪었을지 십분 이해가 되었다. 하지만 그 쓰린 심정이 은지 본인보다 더하지는 않으리라는 생각으로 딸이 데려온 친구를 받아들였을 뿐이다.

"울지 마라. 내 집이라고 생각하고 편안히 쉬어라."

보담이가 안내한 방은 집에서 가장 아늑하고 조용한 방이었다. 그리고 일하는 아주머니에게 불편하지 않도록 잘 돌봐주라고 신신당부를 했기에 은지는 비로소 안정을 찾을 수 있었다. 하지만 보담이를 볼 때마다 부담스러웠다. 한창 공부해야 할 보담이가 자신에게 신경을 쓰느라 방해 받는다는 걸 누구보다 잘 알았기 때문이다.

"보담아, 나 어서 나가야 해. 너한테 너무 신세 져서 안 돼."

"무슨 소리야. 걱정 마. 우리 집에 계속 있어도 돼."

"아냐, 나는 너무 좋지만 너한테 너무 폐야. 빨리 어딘가로 가야 해."

그런 은지의 마음을 너무나 잘 알기에 보담이도 이렇게 재석과 함께 모금활동을 벌인 것이었다.

"우리가 해 줄 수 있는 게 별로 없어."

"그러게 말이야. 일단 학원가에 방 하나라도 구해 보자. 우선 애부터 낳고 살 궁리를 해야지. 지금은 은지가 안정이 안 돼서 걱정이야."

한자리에 모인 아이들은 모두 마음이 무거웠다. 공부해야 할 시기가 어떤 것인지 뼈저리게 느끼고 있었기 때문이다.

"병규는 연락되었어?"

보담이 재석에게 물었다.

"아니야. 아직 못 만났어. 기명이 형이 번호를 안 주네. 그 녀석도 어디 나이트클럽 기도라는데 왜 안 알려 주나 몰라."

그때였다. 아이들이 모여 있는 빵집으로 웬 중년 부인이 들이닥쳤다. 그녀는 주위를 휘 둘러보더니 곧장 재석에게 다가왔다.

"너희들 혹시 재석이와 민성이니?"

"네? 누구세요?"

재석과 민성은 깜짝 놀랐다. 처음 보는 아줌마가 대뜸 자기들의 이름을 댔기 때문이다.

"우리 은지 어디 있어! 응? 너는 향금이지?"

아줌마의 목소리가 갑자기 격해졌다.

"어머, 누구세요?"

향금이도 깜짝 놀랐다.

"우리 은지 어디 있어? 빨리 말해. 내가 은지 엄마야!"

아이들은 모두 가슴이 철렁 내려앉았다. 청천벽력이었다.

이 순간에 은지 엄마가 나타나 은지의 행방을 물을 거라곤 상상도 못했다.

"이 녀석들아! 우리 은지 내놓으란 말이야. 걔 빨리 병원에 데려가야 된다고."

은지 엄마는 재석이의 멱살을 잡았다.

"아줌마, 왜 이러세요? 놓으세요."

마치 재석이가 은지를 임신이라도 시킨 양 은지의 엄마는 멱살을 잡은 손에 힘을 주었다. 뿌리치려 했지만 집 나간 딸을 찾아온 그 눈빛을 이겨 낼 수가 없었다.

"이것들이 내가 모를 줄 알아? 빨리 데리고 와. 우리 은지 있는 데로 앞장서란 말이야. 어디 있어?"

은지 엄마는 손을 놓고 털썩 주저앉아 마구 고함을 질렀다. 난감한 상황이 벌어지자 빵집 주인이 달려왔다.

"아니, 왜 이러십니까? 여기서 이러시면 안 됩니다. 빨리 나가세요."

"우리 은지 있는 데 빨리 대! 어디 있어? 우리 은지 어디 있냐고? 너희들 내가 미치는 거 보려고 이래? 응?"

은지 엄마의 눈에서는 당장이라도 시퍼런 불똥이 튈 것만 같았다.

"아줌마, 우리 몰라요."

"모르긴 뭘 몰라? 너희들 지금 은지한테 돈 모아 준다고 모금운동까지 했다면서? 빨리 말해! 어서 말해!"

은지의 친구가 은지네 엄마에게 말한 모양이다. 은지를 찾아내서 반드시 중절수술을 시키겠다는 엄마였다. 계속 모른 척 잡아떼기도, 순순히 은지 앞으로 데려가기도 뭣했다. 이러지도 저러지도 못하고 있는데 보담이 입을 열었다. 엄마의 절규는 도저히 어린 그들이 감당할 수 있는 것이 아니었다.
"우리 집에 있어요."
"뭐? 너희 집?"
"네. 만나게 해 드릴게요. 따라오세요."
팽팽하게 바람이 들어가 언제 터져도 이상할 것 없는 풍선에서 바람이 쓱 빠지는 것 같았다. 향금이와 민성, 재석이는 보담과 함께 집을 향해 걸어갔다. 한성여고 학생은 진작 돌아갔고, 네 아이는 거친 숨을 몰아쉬는 은지 엄마와 함께 보안 경비가 삼엄한 주상복합 아파트 입구를 통과해 보담의 집으로 올라갔다. 집 문을 열자 이미 보담이 엄마와 부라퀴가 기다리고 있었다. 보담이 미리 연락을 한 것 같았다.
"어서 오세요. 은지 엄마시죠?"
"우리 애 어디 있어요? 어디 있어요? 왜 우리 애를 여기에 데려다 놓은 거예요?"
은지 엄마는 누구 한 사람이라도 얻어 걸리면 가만두지 않을 기세였다.
"진정하세요. 은지는 지금 자고 있습니다."
"아이고, 은지야! 아이고, 은지야!"

은지 엄마는 소리를 질러 댔다. 그 서슬에 잠이 깼는지 방문이 열리고 은지가 나왔다. 그런데 엄마를 보자마자 얼굴이 파랗게 질렸다. 은지 엄마는 물수리가 강물의 잉어를 낚아채듯 달려들어 은지를 붙들고 말했다.

"아이고, 이년아! 이 미친년아. 네가 왜 집을 나가서 여기서 이러고 있어, 이년아!"

"진정하세요, 진정하세요."

보담이 엄마가 말려 봤지만 소용이 없었다.

"엄마 속이 썩어 문드러지는 꼴을 보려고 그래? 이년아! 너 죽고 나 죽자!"

"은지 어머니. 이러시면 안 됩니다."

재석이 나설 수밖에 없었다.

"아줌마! 손 놓고 말씀하세요."

집 안이 온통 난장판이 되려는 참에 재석이 뜯어말려서 겨우 진정이 되었다. 한참 뒤 간신히 모든 사람이 진정하고 거실 소파에 자리를 잡았다. 집 안에서도 전동 휠체어를 타고 다니는 부라퀴가 침착하게 말했다.

"새댁이 은지 엄마요?"

부라퀴의 물음에는 아랑곳하지 않고 은지 엄마가 거친 숨을 내쉬며 말했다.

"우리 애 당장 데려갈 겁니다. 병원에 가야 합니다. 지금 빨리 애를 떼야 해요."

은지 엄마는 실성한 사람처럼 같은 말만 되뇌였다.

"은지 엄마. 노인이 말하면 들으세요. 지금 은지는 중절수술을 할 수 없습니다. 애 건강에도 좋지 않아요."

"어르신이 뭔데 상관하시는 거예요? 내 딸 내가 데려간다는데. 공부해야 할 멀쩡한 딸년이 임신해서 배 불러 도망쳤는데 제가 안 미칩니까? 어느 엄마가 제정신이겠느냐고요!"

부라퀴는 냉정하게 말했다.

"은지의 건강은 중요하지 않습니까? 이미 일이 이렇게 된 마당에 애는 어떻게 하시려고요?"

"떼어 버려야 합니다. 떼어야 돼요."

그때였다. 은지가 절규하며 몸을 일으킨 것은.

"엄마 안 돼! 그러면 나 죽어 버릴 거야!"

베란다 문을 향해 달려가는 것을 보담이 쫓아가 막았다. 다시 난장판이 벌어졌다.

"나 아기 낳을 거야! 할아버지, 나 아기 낳게 해 주세요. 나 우리 아기 못 죽여요! 엉엉엉!"

얌전한 줄로만 알았던 은지의 어디에 저런 힘이 숨어 있었나 싶었다. 한자리에 있던 사람들은 은지의 절규에 모두 숙연해졌다.

"자, 엄마가 왔으니까 애를 우리가 보호할 순 없습니다. 데리고 가세요. 하지만 중절수술은 하시면 안 됩니다. 쟤 건강을 위해서도 그건 옳지 않습니다."

부라퀴는 단호했다. 은지는 안 가겠다고 울며 버텼지만 방법이 없었다. 결국 엄마에게 붙잡혀 엘리베이터로 끌려갔다. 재석과 민성, 그리고 향금도 따라 나왔다. 보담이는 그 모습을 곁에서 지켜보며 눈물을 흘리느라 정신을 차리지 못했다.
"은지야, 어떡해! 으흐흐흑!"
"흑흑흑!"
은지는 말없이 어깨를 들썩이며 흐느껴 울기만 했다. 아파트 밖에 나와 택시를 잡아타고 은지와 은지 엄마는 횡하니 사라졌다. 이렇게 끝나다니……. 허탈했다.

비겁한 병규

네 아이는 보담이네 아파트 단지 벤치에 둘러앉아 이야기를 나누었다. 먼저 말문을 연 건 민성이였다.
"은지 어떻게 될까?"
"엄마 기세로 봐서는 중절수술을 할 거 같던데. 걱정이다. 건강이 나빠질 텐데."
향금이가 끔찍하다는 표정으로 말했다. 그 순간 재석에게 떠오르는 사람은 권 선생뿐이였다.
"권 선생님한테 전화해 볼게."
늦은 시간이였지만 권 선생은 다행히 전화를 받았다.
"저기요, 선생님. 은지가 엄마한테 잡혀서 집으로 갔어요."

"그래? 은지가 지금 임신 몇 개월이지?"

"9개월이요."

"그러면 중절수술은 못해. 아마 낳을 수밖에 없을 거야. 그런데 부모님이 이런 문제에 대한 이해도가 어떤지 모르겠구나."

"굉장히 강경해요."

"그래, 그럴 거야. 하여간 알았다. 그 부모가 친권이 있기 때문에 누구도 말릴 순 없는데 은지하고 연락은 끊지 말고 문제 있으면 나한테 연락해. 내가 달려갈 테니까."

"네, 선생님. 고맙습니다."

남의 일인데도 권 선생이 이렇게 적극적으로 나서 주는 것이 재석과 민성은 감격스러웠다.

"야, 일이 이 지경인데 병규 그놈은 어디 간 거야? 연락처 몰라?"

그러자 민성이 눈치를 살피다 말했다.

"아니, 연락처는 알아."

"뭐?"

"연락처 알면서 어째서?"

"왜 우리한테 아무 말도 안 했어?"

세 아이가 동시에 민성을 바라봤다. 사실 기명에게서 며칠 전에 병규의 연락처를 받았다. 하지만 그 사실을 언제 말하고 병규를 만나러 가야 할지 생각하는 데 시간이 좀 걸렸다.

"병규를 잘못 만났다가 쌍날파에 우리가 걸려들면 곤란하잖아."

민성이가 걱정스럽다는 얼굴로 말했다.

"하긴 재석이는 위험하지. 그래도 병규한테 얘기는 해야지. 사정이 어떻게 돌아가고 있는지 말이야."

보담이가 정리를 했다.

"그래, 지금은 병규한테 이 사실을 알려야 할 것 같아. 위험을 무릅쓰고라도."

아이들은 일단 병규가 모르는 상태에서 은지의 일이 진행되는 것은 문제가 있다고 생각했다.

"알았어. 너희들은 이제 들어가. 우리가 통화해 볼게."

향금이와 보담이를 보낸 뒤 재석과 민성은 집으로 오면서 고민을 했다.

"야, 이거 어떡하면 좋으냐?"

"너 자식아, 그런 문자를 받았으면 진작 알려 줬어야지."

"좀 망설였어. 병규 녀석 봤다가 일이 더 복잡해질까 봐."

"암튼 전화해 보자. 지금 이렇게 된 거 어쩌겠어. 병규 그 자식한테 책임지라고 해야지."

민성은 마지못해 문자에 찍힌 번호로 전화를 걸었다. 전화 벨이 울리고 한참 뒤에야 전화를 받았다. 듣기만 해도 바로 알 수 있는 병규의 목소리였다.

"누구세요?"

"병규냐?"

"누구냐, 너?"

뒤에서 시끄러운 음악 소리가 들려 왔다. 듣던 대로 나이트클럽 기도를 보는 것 같았다. 민성이 뭐라고 말하려 하자 성질 급한 재석이 전화기를 빼앗았다.

"나 재석이다."

"누구? 황재석?"

"응, 재석이."

"웬일이냐? 씨방새야? 네가 나한테 전화 걸 일이 없을 텐데?"

병규는 아직도 재석에게 앙금이 남아 있는 듯 대뜸 욕설부터 날렸다.

"내가 좀 만났으면 좋겠는데, 너 지금 어디냐?"

"야, 지금 고삐리가 나이트클럽 오려고? 나 지금 수유리 삼방나이트 기도야. 왜 너도 이 일 해 보려고? 학교 잘렸냐? 완전 병맛인 게……."

"그게 아니고. 인마, 문제가 생겼어. 자식아."

"니들 문제에 내가 무슨 상관이야?"

"알았어. 암튼 내가 있다가 갈 테니까 기다려."

"야, 씨방새야! 와서 매출 올려 주려고 그러냐? 옛날 친구가 와서 매출 올려 주면 나쁘지 않지."

"쓸데없는 소리 하지 말고 민성이랑 같이 갈 테니 기다려."

재석이도 안에서 불끈하고 성질이 올라오려는 것을 찍어 눌렀다. 빈정대는 병규의 목소리를 들으니 과거에 주먹을 같이 휘두르고 다녔던 달갑지 않은 추억이 되살아났다.

"야, 우리 수유리 가 보자."

"그래, 알았어. 가자."

"어떻게든 얘기는 해야지."

한 시간 뒤 두 아이는 불빛이 번쩍이는 수유리의 삼방나이트 앞에 모습을 나타냈다. 웨이터들이 명함을 뿌리며 열심히 손님들을 안으로 실어 날랐다. 고등학생인 그들은 들어갈 수가 없어서 바깥에서 얼쩡거리는 삐끼에게 말했다.

"저기 여기 기도 보는 사람 중에 병규라고 있어요?"

"누구?"

"병규."

삐끼는 재석과 민성을 위아래로 훑어보더니 대뜸 말했다.

"야, 고삐리들은 여기 못 와."

"아니, 병규 만나려고 왔어요. 친구예요."

"병규? 그런 사람 모르겠는데?"

"여기 있다던데요?"

재석이 다시 전화를 걸었다. 하지만 병규는 전화를 받지 않았다.

"야, 이 자식 튄 거 아니냐?"

"글쎄?"

술 취한 어른들이 이곳저곳에서 흥청망청 떠도는 것을 보며 민성과 재석은 교복을 입은 채로 그 풍경에 섞이지 못하고 어정쩡하게 서 있었다. 그때 등 뒤에서 누군가 재석의 어깨를 쳤다.

"야, 재석이!"

돌아보니 병규였다. 머리를 기르고 양복을 빼입은 녀석은 누가 봐도 기도처럼 보였다. 나이도 많아 보였다.

"진짜 날 보려고 왔냐?"

"그래."

반갑다고 악수를 할 수도, 그렇다고 원수처럼 굴 수도 없었다.

"야, 따라와. 우리 기도 방이 따로 있어."

나이트클럽 뒤의 식당 주방으로 들어가자 조그마한 창고 같은 방이 나왔다. 의자가 몇 개 있었고 형광등이 꺼질 듯 말 듯 깜빡이고 있었다. 벽에는 울긋불긋한 양복이 되는 대로 걸려 있고 식탁 위에는 담배꽁초가 수북하게 찼지만 아무도 비우지 않는 재떨이가 있을 뿐이었다.

"오랜만이다. 그나저나 니들 웬일이냐? 범생이 돼서 공부한다고 그러지 않았어?"

"응. 대학 가려고……."

재석이가 무뚝뚝하게 말했다. 하지만 민성이는 살갑게 병규에게 말을 걸었다.

"야, 나이트클럽 기도 생활 할 만하냐? 재미있냐? 돈 좀 많이 버냐?"

"쓸데없는 소리 하지 말고, 무슨 일이야?"

빨리 본론으로 들어가야 할 것 같았다.

"너 은지라고 알지?"

"은지? 은지가 누구냐?"

어이가 없었다. 임신까지 시켜 놓고 누군지 모른다니.

"야, 금안여고 은지."

민성이가 나섰다.

"내가 너한테 선물 전해 줬잖아. 옛날에."

"야, 솔까말 내가 선물 받은 여자애가 어디 한둘이냐? 기억 안 나."

분위기 파악을 못하고 이 와중에 뻐기는 것 같았다. 사태의 심각성이 전보다 백만 배는 커졌다.

"야! 이 자식아, 사람이 말을 하면 좀 진지하게 들어. 지금 은지가 임신했어."

"뭐? 임신?"

그 순간 병규도 살짝 당황하는 것 같았다. 과거의 기억을 더듬는 표정이었다.

"배가 불러 가지고 우릴 찾아왔었어. 인마, 학교도 관뒀고……. 집에서까지 쫓겨나서 미혼모 보호시설에 가 있었어. 그러다가 엄마가 쫓아오는 바람에 도망쳐서 우리가 향금이네 집이랑 보담이네 집에 데리고 있었는데, 오늘 또 어떻게 알았는지 엄마가 쳐들어와서 지금 은지 데리고 갔단 말이야. 가면 애 지운대."

병규는 애써 침착하려 노력하는 것 같았다. 그리고는 어떤 태도를 취해야 할지 정한 듯했다.

"난 몰라, 인마. 은지인지 뭔지 지가 좋아서 나한테 껄떡댔 겠지. 나 책임질 일 한 거 없어. 아, 몰라."

재석은 그 순간 화가 머리끝까지 치솟았다.

"야, 이 새끼! 비겁한 놈 아니야, 정말 열 받게 하네!"

재석이가 병규의 멱살을 잡았다. 병규도 인상을 확 썼다.

"어쭈, 너 한판 뜨자는 거야? 여기서 지금? 네가 뭔데 나서 는 거야, 이 자식아."

둘이 멱살을 마주 잡았다. 민성이 펄쩍 뛰어올라 그 둘이 멱살을 잡은 손 위로 몸무게를 실었다.

"야야야, 여기서 또 싸우려고 그러냐? 오랜만에 만나서 그 러지 마. 얘기로 풀어, 얘기로."

"이 자식 너는 뭐야? 뭔데 남의 일에 참견이야?"

"참견은, 이 자식아. 우리한테 와 가지고 여자애가 울고불 고 하는데 참견 안 할 수가 있어? 네가 그렇게 참견 받기 싫 으면 애 아빠로서 잘해야 할 거 아니야!"

"뭐? 애 아빠? 아, 이거 진짜 멘붕이네. 이 자식아, 죽을래? 누가 애 아빠야. 누가! 나 그런 적 없다니까."

또 다시 으르렁거리는데 민성이 중간에 끼어들었다.

"병규야, 지금 화낸다고 될 일이 아니야. 중요한 건 은지가 지금 배가 남산만 하게 불렀다는 사실이야. 건강하게 아기를 낳고 그 뒤의 일처리를 같이 해야 할 거 아니야."

"야, 나 계집애한테 껄떡댄 적 없어. 지들이 나한테 와서 껄떡댔을 뿐이야. 선물 줘서 받고, 뭐 커피 사 준대서 커피 얻어먹고 그랬을 뿐이라고. 그런 애들이 어디 한둘인 줄 알아?"

더 이상 대화가 될 것 같지 않았다. 병규는 이 사태의 심각성을 전혀 모르고 있었다. 더 말해 봐야 입만 아팠다. 재석은 그래도 책임지는 모습을 기대했는데, 지금 병규는 아예 은지의 존재 자체를 인정하려 들지 않았다. 환멸이 느껴졌다.

"야, 알았다. 잘 먹고 잘살아라."

재석이 자리를 박차고 일어났다.

"이 새끼야. 잘 먹고 잘살든 못 먹고 못살든, 니들은 니들 인생 살아. 내 인생은 내 인생이야. 다신 이런 걸로 쫓아오지 마. 어디서 찐찌버거 같은 게."

그때 문을 열고 누군가가 들어왔다. 얼굴에 칼자국이 있는 깍두기 조폭이었다.

"야, 뼁! 너 이 새끼야, 여기서 뭐하고 있어?"

"아이고, 형님!"

병규는 벌떡 일어나서 넙죽 영화에서나 보던 90도 인사를 했다.

"이 자식들은 또 뭐냐?"

"아, 옛날 학교 친구들인데요."

"이 새끼들이 영업하는 데를 왜 왔어? 빨리 가!"

깍두기가 험한 얼굴로 노려보자 민성이는 움찔하며 한 발 물러섰지만 재석은 그 자리에서 미동도 하지 않았다.

"어쭈, 이 자식이……."

쓸데없이 깡패와 드잡이할 일은 아니었다. 재석은 발길을 돌리며 병규에게 내뱉었다.

"갈 테니까 병규 너, 생각 잘해라."

"생각 잘하긴 뭘 잘해, 인마."

재석과 민성이 기도 방을 빠져나오자 안에서 깍두기가 묻는 눈치였다.

"무슨 일이냐?"

"아무것도 아니에요. 새끼들이 아무것도 아닌 걸로 찾아와서……. 죄송합니다."

나이트클럽 밖으로 나왔지만 두 아이의 가슴은 답답하기만 했다. 끊었던 담배가 있으면 다시 피우고 싶은 심정이었다.

"재석아, 이제 어쩌지?"

"나도 모르겠다, 아."

"모르면 어떡해, 인마. 은지를 저대로 놔둘 순 없잖아."

"저 자식, 저렇게 무책임하다니……."

답답한 마음에 재석은 집에 올 때까지 아무 말도 하지 않았다. 집에 와서 침대 위에 몸을 던지고서도 답답한 마음을 가

눌 수 없었다. 미혼모도 학생이고 애를 가지면 낳아서 키울 수 있게 해 준다는 외국의 사례가 부러울 따름이었다.
"에이 씨, 우리나라는 왜 이 모양인 거야?"

책임이라는 무서운 말

 어쩐지 눈앞의 거대한 적을 만난 것만 같았다. 재석은 벌떡 일어나 글쓰기 노트를 펼쳤다. 제법 많은 글을 써서 이제는 중간 이상을 펼쳐야 빈 공간이 나타났다. 재석은 습관적으로 끼적이기 시작했다.

남자와 여자

 남자와 여자는 정말 다른 것 같다. 생리적으로 다른 것은 물론이고 모든 것이 다르다. 오늘 보니 성적으로도 다른 것 같다.
 미혼모 문제가 발생하면 가장 큰 피해는 여자가 본다. 남자들은 무책임하게 떠난다. 여자들은 남아서 뱃속의 생명을 키워야 하고 그로 인해 자신의 삶이 변화하고 원치 않던 방향으로 인생이 흘러가는 것 같다. 어른들이 왜 성교육을 시키고 조심을 시키는지 알 것 같다.

하지만 교육대로만 인생을 살 수 있을까. 가르침대로만 살 수 있나? 인생에는 수없이 많은 변수가 있지 않은가. 어른들도 그런 삶을 살아왔으면서 아이들에게는 강요하고 있다.

나는 애써 병규의 입장이 되어 본다. 누구나 한순간의 쾌락을 즐길 수는 있지만, 실수로 인해 임신을 하고 책임을 져야 한다면 정말 두려울 것 같다. 책임을 지는 것이 어른임을 알겠다.

병규는 아직 어른이 될 준비가 안 되었다. 어른이 될 수 없을지도 모른다. 도망쳤기 때문이다. 비겁하게 말이다. 그리고 책임지라고 하니 거절했다. 한때 병규와 같이 나도 주먹을 휘두르며 어설프게 살았던 것이 너무나 부끄럽다. 은지. 은지는 왜 그랬을까? 모범생이고 공부도 열심히 했다던데. 향금이의 말에 따르면 대화가 없는 가정에서 자라서 그랬을까? 의지할 곳을 찾았을 수도 있겠다. 여자애들은 특히 여리고 마음이 약하지 않은가. 의지할 곳을 찾아 병규에게 몸을 맡겼을지 모른다. 그렇다면, 그렇다면······.

재석은 자신의 어린 시절을 생각해 보았다. 엄마가 할머니에게 자신을 맡겨 놓고 떠났던 시절, 재석도 외로웠다. 그 외로움은 절대적인 외로움이었다. 어린 재석이 견뎌 낼 수 없는 것이었다. 그런 외로움 때문에 주먹을 휘둘렀다.

"아, 씨. 인간들은 왜 애들을 외롭게 만드는 거야?"

글 쓰던 노트를 덮은 뒤 재석은 이불을 뒤집어썼다. 그때 엄마가 식당 일을 마치고 들어오는 기척이 들렸다. 재석은 일어나 나가 엄마에게 인사를 했다.

"엄마, 오셨어요?"

"그래, 아직 안 잤구나?"

식당이 요즘 잘되는 바람에 엄마는 조금 더 피곤해졌다. 일하는 사람도 쓰기 시작했다. 연예인들이 드나든다는 입소문 덕에 조금씩 알려진 거였다. 이건 모두 브랜뉴의 매니저 봉식이 형 덕분이었다.

"뭐 걱정이라도 있니?"

"아니에요."

구차하게 이런저런 말을 하고 싶지는 않았다. 안 그래도 피곤한 엄마에게. 그런데 문득 엄마는 엄마의 입장을 설명해 줄 수 있을 것만 같았다.

"엄마, 사실은 저…… 은지……."

"그 임신했다는 애?"

"네, 은지 엄마가 찾아와서 애를 데리고 갔어요."

"어머, 그랬구나."

"근데 너무 안됐어요."

"그래. 어쩌다 그렇게 되었다니. 걔도 다 사연이 있겠지. 너라도 잘해 줘라."

엄마는 다른 엄마들과는 달랐다. 아픔을 겪은 엄마답게 은지를 비난하지 않고, 은지의 입장이 되어 말해 주었다.

"엄마도 나 임신했을 때 그랬어요?"

엄마의 눈에 과거의 바다가 출렁였다.

"그때는 다르지. 엄마는 기쁘고 행복했거든. 사랑하는 사람의 아이를 가졌으니까. 그리고 빨리 네가 나와서 행복한 가정을 꾸리고 싶었지. 근데 은지한테는 날벼락이잖아. 엄마가 될 준비도 되지 않았는데 얼마나 괴롭겠니. 그리고 앞으로의 인생이 얼마나 두렵고 무섭겠어. 한창 미래를 위해 투자하고 공부해야 할 시기인데……. 정말 너무 안됐어. 언제 우리 식당에 한번 데려와. 맛있는 밥 해 줄게."

"네, 엄마. 그런데 엄마! 왜 교육도 받고 다 아는데 임신을 했을까요? 왜 그렇게 자기 몸을 쉽게 허락했을까요? 이해를 못하겠어요."

엄마는 물끄러미 재석을 바라보며 물었다.

"너도 남자잖아. 너도 보담이가 가끔 여자로 보이지 않니?"

그 순간 재석은 얼굴이 빨개졌다. 보담이를 생각하며 몽정했던 기억이 났기 때문이다.

"치, 친군데요, 뭐."

"호호호! 친구지만 남자가 여자를 그리워하는 건 정상적인 일이야. 아마 은지는 병규가 원하는 대로 할 수밖에 없을 만큼 병규에게 모든 걸 기댔던 게 아닐까?"

"네?"

"여자들은 그렇거든. 힘들고 어려울 때는 어딘가 기댈 곳을 찾아. 은지가 아마 그랬을 거야. 그러니까 알면서도 실수를 한 거지."

"그렇구나. 그런데 병규가 책임을 안 지겠대요."

"책임? 재석아, 책임이 뭔데? 책임도 능력이 있어야 지는 거지. 걔 고등학교도 관둔 애 아니야? 걔가 무슨 책임을 지니? 직장 다니는 돈 잘 버는 아저씨들도 애 하나둘 낳으면 힘들어서 얼마나 어려워하는데. 책임을 강요할 순 없지. 자기 자신도 지금 책임 못 지잖아. 재석이 너는 너 자신을 지금 책임질 수 있니?"

"아니요. 지금은 못 지죠. 할 수 있는 게 아무것도 없잖아요."

"그래. 너는 지금 미성년자고, 학생이고, 공부하고 있을 뿐이야. 책임을 말할 수가 없지."

엄마와 이렇게 진지한 이야기를 오래 나눈 것은 처음이었다. 엄마와 대화를 나누다 보니 좋기도 하면서 한편으로는 가슴속이 답답해 왔다.

"너희 아빠도 날 책임지지 않았잖아."

아빠 이야기가 나오자 재석은 갑자기 마음속에 먹구름이 끼는 것 같았다. 책임이 그렇게 쉬운 것이 아님을 절감했다.

"책임질 수 있는 사람이 되려고 공부하고 직업을 갖고 꿈을 향해 나가는 거란다. 아무나 책임질 수 있는 거 아니야. 그래서 청소년기는 책임질 수 있도록 실력을 쌓고 노력을 해야 하는 시기인데, 그렇게 실수하는 아이들이 있으니 어쩌니. 그래도 할 수 있나. 이미 벌어진 일인데."

"엄마, 혹시 은지 아빠 엄마가 애를 떼라고 하는 거 아닐까요? 너무 끔찍한 일 아닌가요? 멀쩡하게 살아 있는데, 심장 소리도 들릴 텐데요."

"아마 떼지는 않을 거야. 어디 가서 애를 낳은 다음에 입양을 시키거나 하겠지."

그 얘기를 듣는 순간 재석은 가슴이 찢어지는 것 같았다.

"그러면 은지랑 아기는 같이 못 사는 거잖아요? 그건 옳지 않아요. 아빠 없는 것도 서러운데 엄마까지 누군지 몰라야 하다니요."

"그럼 어떡하니. 은지가 공부도 안 하고 애를 키울 수는 없잖아. 지금 빨리 애를 낳고 나서 학교로 돌아가 공부해서 직장 갖고 나중에 결혼해서 살아야지."

"은지가 그럼 애를 보내고 편안할 수 있겠어요?"

"할 수 없지. 재석아. 인생이란 건 말이야. 모든 일에, 자신의 행동에 대가를 지불해야 해. 그건 은지도 마찬가지야. 그 누구도 대신 지불해 줄 수 없어. 그렇기 때문에 조심해야 되는 거고, 그렇기 때문에 신중해야 되는 거야."

"알아요. 나도 안다고요. 하지만 너무 답답해요. 한 번 실수했다고 내쳐 버리는 거잖아요. 실수해도 보듬어 주는 사회가 되면 얼마나 좋아요."

"그래. 그건 맞는 말이야. 그런 사회를 만들려고 다 같이 노력하는 거지. 하지만 그건 하루아침에 되지 않아. 조금씩 변화해야지."

"……"

조금씩 변해서 언제 그 혜택을 보나 싶어지니 재석은 머리가 아팠다.

"엄마는 피곤해서 자야 되겠다. 은지 일은 안됐지만 다 잘될 거야. 주위에서 이렇게 도와주니까 말이야. 너무 걱정하지 마라. 그리고 너 여기에 시간 뺏겨서 공부 안 하고 그러면 안돼."

엄마는 역시 엄마였다. 남의 집 딸보다는 자기 아들인 재석이가 더 걱정되는 것은 당연했다.

"걱정하지 마세요. 공부는 하고 있어요."

방으로 들어온 재석은 다시 노트에 한 줄을 썼다.

책임. 무서운 말이다. 나는 언제쯤 책임질 수 있는 남자가 될까?

그 생각을 하자 보담이 떠올랐다. 어느 날 보담과 혹시 결혼을 하게 된다면 어떻게 해야 되는 걸까? 무슨 일을 해서 가장의 역할을 다할 수 있을까? 얼토당토않은 생각이었지만 생각은 꼬리에 꼬리를 물고 이어졌다. 보담이는 똑똑하고 자기 앞가림을 잘하는 아이다. 그에 걸맞은 남자가 되고 남편이 되는 건 아마 결코 쉬운 일이 아닐 것이다. 지금 자신의 처지를 비추어 보면 보담의 짝이 되지 못할 것이 분명했다. 보담이를 넘본다는 건 언감생심이었다. 답답했다. 꿈속에서 봤던 보담의 아름다운 육체가 떠올랐다.

"아! 왜 이러는 거야, 내가 미쳤어! 미쳤어."

자기 뺨을 때리며 재석은 화장실로 달려가 물을 틀었다. 그리고 옷을 입은 채로 욕조에 서서 온몸에 찬물을 맞았다.

"우헉!"

소름이 끼치도록 찬물을 맞으니 정신이 확 돌아왔다. 한참 뒤 다시 따뜻한 물을 틀어 샤워를 하고 책상 앞에 앉은 재석은 그 사이에 문자가 여러 개 와 있는 것을 보았다.

> 재석아, 은지 도망쳤음.

> 어디야. 빨리 와 주삼.
> 우리 명륜찜질방.

> 은지가 집에서 도망쳐서 지금 연락이 옴.

보담이와 향금이, 그리고 민성이의 문자가 여러 개 날아와 있었다. 심지어 민성의 부재중 통화 녹음도 있었다. 아이들이 급하긴 급했나 보다. 재석은 옷을 대충 걸치고 12시가 넘은 시각에 시내를 향해 다시 달려 나갔다.

다큐멘터리 공모전

 부동산 아줌마는 집 비밀번호도 알고 있었다. 학원가의 원룸텔 5층에 있는 작은 방 비밀번호를 빨간 매니큐어를 칠한 손톱으로 누르자 문이 벌컥 열렸다. 바닥엔 온돌마루가 깔려 있었고, 모든 가구는 빌트인으로 박혀 있었다. 책만 있으면 몸만 들어가서 공부할 수 있도록 만들어진 집이었다. 심지어는 이불과 요까지 있었다.
 "자, 이제 여기서 공부 열심히 하면 돼."
 "네."
 "자, 그러면 계약서는 아까 다 썼고, 한 달 뒤에 정확하게 월세 입금해야 한다. 궁금한 것 있으면 언제든 나한테 물어보고……."

 부동산 아줌마는 아이들을 놔두고 방 밖으로 나갔다.

 재석이과 보담, 그리고 향금과 민성 넷은 은지를 이곳 학원가로 데리고 와 원룸을 하나 얻었다. 네 아이는 은지를 숨겨 주는 것이 과연 옳은 일인지 알 수 없었다. 은지를 만나러 가는 버스 안에서도 격론을 벌였다.

 "야, 우리가 끝까지 책임질 수는 없잖아."

 재석이가 냉정하게 이야기했다. 사고를 치면 어떻게든 결국 그 책임은 어른들 몫이 된다는 것을 많이 보아 왔기 때문이다. 스톤에 있을 때도 누군가를 때리거나 다치게 하면 결국 어른이 나서야만 문제가 해결되었다. 이번 은지 건은 더더욱 큰 문제였다. 양쪽 집안이 걸린 문제고 병규가 저렇게 모르쇠로 일관하니 해결할 방법이 없었.

 그러나 여자들의 생각은 조금 달랐다. 여자들은 감성적으로 접근했다.

 "은지 엄마가 애를 강제로 떼려고 했대. 중절수술이 얼마나 무서운데. 너희들 낙태하는 사진 안 봤지? 정말 끔찍해."

 "지금 9개월이나 된 아기를 강제로 출산시켜서 미숙아를 만드려는 걸 거야."

 "은지한테는 얼굴도 안 보여 주고 아기를 멀리 입양시킬 거라고. 그럼 은지가 행복하겠어? 학교로도 못 돌아가고."

 "은지 자살할지도 몰라. 흑흑!"

향금이와 보담이는 번갈아 언성을 높이더니 울먹였다. 그 말을 듣자 민성이가 어쩔 수 없다는 듯 말했다.

"일단 은지가 원하는 걸 하자. 우리에게 중요한 건 은지잖아. 은지 입장에서 모든 걸 하고……."

듣고 보니 그 말이 맞았다. 민성이의 뒤통수를 한 대 툭 치며 재석이 말했다.

"짜식. 쓸 만한 소리를 다 하네."

"맞아. 은지에게 물어보고 은지가 원하는 걸 할 수 있도록 우리가 도와주자."

"필요하다면 우리가 모은 돈 주면 되잖아. 그리고 방을 얻어 주자."

그제야 보담이와 향금이는 흥분을 가라앉혔다. 역시 여자들은 공감의 동물인 것 같았다.

네 아이가 은지가 숨어 있다는 곳을 찾아가 보니 작은 식당이었다. 은지는 엄마에게서 도망쳐서 식당 한쪽 구석에 앉아 오들오들 떨고 있었다. 앞에 시켜 놓은 설렁탕에는 손 하나 대지 않은 것 같았다. 네 아이는 은지의 마음 상태가 어떤지 짐작하고도 남음이 있었다.

"은지야, 가자. 일단 오늘은 시간이 너무 늦었으니까 우리 집에서 자고, 내일 당장 네가 있을 방 얻어 줄게."

보담이가 말했다. 은지는 오들오들 떨면서도 네 아이를 보며 눈물을 흘렸다.

"병원 입구까지 갔는데, 내가 간신히 도망쳤어. 화장실 간다고 그러고……."

"어머, 엄마가 감시하지 않았어?"

"화장실 문이 양쪽에 있었어. 그래서 반대쪽 문으로 나왔어."

마침 출발하는 택시를 타고 아무 데로나 도망을 친 다음 연락을 한 거였다.

"은지야, 너 정말 후회하지 않겠어?"

"나 아기 낳을 거야. 건강하게 낳을 거야. 엄마는 나보고 오늘 당장 아이를 낳고, 바로 입양을 보내재. 그리고 딴 데로 이사 가서 살아야 한댔어. 그렇지만 나는 우리 아기와 떨어져서는 못 살아."

모성애는 정말 무서운 것이었다. 재석과 민성은 서로 얼굴을 마주 보았다. 여자들이란 알 수 없다는 표정이었다. 보담이 재빨리 냉정을 되찾고 말했다.

"재석아, 우리 내일 거기 반수생들이 방 얻어서 공부한다는 학원가에 가자."

"응? 으응. 그래, 알았어."

다섯 아이는 그렇게 다음 날 다시 만나 이곳 학원가까지 와서 방을 얻었다. 돈을 보여 주니 부동산업자는 얼씨구나 하고 방을 구해 주었다. 이것저것 고를 처지가 아니었다. 있는 돈으로 일단 한 달치 월세를 지급한 후 계약을 맺었다.
"방은 따뜻하네."
향금이가 마치 할머니들이 방바닥을 쓸듯 만져 보고 말했다. 공부용 방이라서 텔레비전도 없고 아무것도 없었다. 그래도 은지는 자기만의 공간이 생겼다는 안도감에 긴장이 풀렸는지 방바닥에 털썩 주저앉았다. 졸음이 쏟아지는 표정이었다.
"얘, 은지야. 편히 좀 쉬어. 너 얼마나 고생이 많았니?"
보담이와 향금이가 이불을 펴서 깔아 주었다.
"응, 안 그래도 나 졸려. 어제도 언제 엄마가 들이닥칠까 싶어서 불안해서 잠을 잘 못 잤어."
"그래, 우리가 또 먹을 거랑 해 가지고 올 테니까. 자, 푹."
네 아이는 은지네 집 비밀번호를 휴대전화에 입력한 후 문을 닫고 밖으로 나왔다. 은지가 이곳에 있다는 걸 아는 사람은 넷뿐이었다.
"휴, 다행이다."
"일단 지금 남은 돈으로 은지가 한 달은 생활하고 아기도 낳을 수 있을 거야."
"한 달 안으로 우리가 어떻게든 방법을 구해야 돼."
네 아이는 가까운 분식점에 가서 음식을 먹으며 골머리를 싸맸다. 그런데 이 대화에서 네 사람의 완전히 다른 성격이 드러났다. 보담이는 모든 것을 이성적으로 판단하려 했다.

"양쪽 부모님을 만나서 두 아이들을 결혼시켜야 되지 않겠어? 이왕 이렇게 된 거, 책임을 지게 만들어야 돼. 재석이 너는 병규 데리고 와. 서로 만나게 하는 게 제일 급해."

결혼이라는 단어까지 나오니 정말 어색했다. 재석이 상황을 설명했다.

"우리가 병규 만났었거든. 그런데 자기가 애 아빠 아니라는 거야. 자식, 그렇게 비겁한 줄은 몰랐어. 쥐어 패고 싶더라고. 그 따위로 비겁한 놈이 우리 스톤의 짱이었다는 게 정말 부끄러울 지경이야."

민성이도 옆에서 거들었다.

"그러게 말이야. 그리고 야, 결혼한다고 그래 봐라. 걔도 잘렸잖아. 둘 다 잘려 가지고 어떻게 애를 키워? 뭘로 먹고살어? 지금 대학 나온 사람들도 취직이 안 되잖아."

그 또한 사실이었다. 민성이는 확실히 현실적이었다. 곁에서 듣고 있던 향금이가 말했다.

"내가 울트라 케이팝 스타에 나갔으면 돈 벌어서 줄 수 있었는데, 정말 아깝다!"

"쓸데없는 소리 하지 마. 그럼 내가 네 매니저 하고 있어야 하잖아. 가수가 뭐 다 돈 잘 버는 줄 알아? 돈 잘 벌고 유명한 가수는 몇 명밖에 없는 거야. 그걸 보고서 다들 가수나 연예인 하겠다고 난리인 거지. 너도 알잖아?"

"하긴."

민성이의 반론에 향금이는 금세 풀이 죽었다.

"돈 잘 벌려면 보담이처럼 공부를 잘해서 좋은 대학 가서 좋은 직장을 얻어야 돼."

보담이 말했다.

"꼭 그런 건 아니야. 꿈을 갖고 자기가 잘하는 일에 열정적으로 도전해야지. 아무튼 그런 쓸데없는 얘기 그만하고 지금 애를 낳으면 만약의 경우 은지 혼자 먹고살 수 있어야 하는데, 전세방이라도 얻어야 될 거 아냐. 그래야 그다음에 알바라도 하든 말든 하지. 우리가 그 큰돈을 모을 수도 없고. 우리 할아버지가 조금은 도와주실 수 있을지 모르지만 어떡하면 좋니?"

"한 달 내로 해결책이 나오겠지, 뭐."

향금이가 뾰족한 수도 없으면서 낙천적인 이야기를 했다.

"아, 이럴 수도 없고 저럴 수도 없고…… 애 낳을 때까지 지낼 방은 간신히 구했는데."

그때 민성이 살살 아이들의 눈치를 보며 조심스럽게 이야기를 꺼냈다.

"야, 사실은 말이야. 이런 아이디어 말하면 나 혼낼 거지?"

"뭔데? 말해 봐. 뭐든지 좋아."

"너희들 만날 나 욕하잖아."

"아, 말해 보라니까."

"음. 사실 이거야."

스마트폰을 꺼낸 민성이가 인터넷 주소를 클릭했다. 그러자 화려한 포스터 한 장이 떠올랐다.
"뭔데, 이게?"
"다큐멘터리 공모전이야."
"뭐? 뭐? 이게 뭔데? 이걸로 뭘 어쩌려고?"

'청소년 다큐멘터리 영상 공모전.'
한국청소년영상문화진흥원에서는 미래 한국의 한류를 선도할 청소년 다큐멘터리 작품을 공모합니다. 이 땅의 청소년 문제를 다룬 동영상이면 무엇이든 환영합니다. 영상문화에 꿈을 가진 청소년들의 많은 관심과 응모 바랍니다.

"이게 이래 봬도 상금이 천만 원이야."
"뭐? 천만 원? 대박!"
거액의 상금이 걸린 공모전이었다. 청소년들의 고민거리나 문제를 다룬 것이라면 소재와 주제에도 제한이 없었다.
"이걸로 어쩌겠다고?"
"내가 한번 응모해 보려고."
"다큐멘터리에? 네가? 언제? 다큐멘터리 찍어 봤어?"
향금이가 말도 안 된다는 듯 따지고 들었다. 그러자 재석이 말했다.
"야, 민성이 만날 찍잖아. 동영상. 시도 때도 없이 찍는 민성이 같은 애가 다큐멘터리 감독이 안 되면 누가 되겠냐?"

자기 편을 들어 주자 민성이 눈을 찡긋했다.

"그래서 네가 대본을 쓸 거야? 뭐 할 거야?"

"흥분하지 말고 들어 봐. 내 생각은 말이야. 상금이 천만 원이잖아. 큰돈이야."

"그래서 어쩌려고?"

"내가 평소에 꿈이 카메라감독이나 VJ 아니냐. 그래서 이걸로 나도 입봉을 하려고."

"입봉이 뭔데?"

"첫 작품으로 감독으로 인정받는 걸 입봉이라 그래. 아, 애들은 아는 게 없어."

"그래서 무슨 작품을 찍으려고? 뭐, 야자 하는 거? 주먹? 조폭? '친구'나 '잉투기' 같은 영화 찍으려고?"

향금이가 마구 퍼부었다. 그러자 민성이가 조심스럽게 말했다.

"은지 이야기를 찍으면 어떨까?"

"뭐?"

그 순간 향금이가 펄쩍 뛰어올랐다.

"야, 너 지금 그걸 말이라고 해? 누구한테 상처 줄 일 있어? 지금 가뜩이나 우울한 애한테……. 너 정말 정신이 있는 거야, 없는 거야?"

그때 보담이 제지했다.

"잠깐만, 민성아. 그게 무슨 이야기야? 좀 자세히 말해 봐."

"응, 저게 은지만의 일은 아니잖아. 복지관 권 선생님이 그랬거든. 1년에 5천 명이나 되는 청소년들이 애를 낳는다고, 그런데 지금 그 아기들이 다 어디 있어? 어떤 식으로든 버려지거나 다른 데 입양되거나 해서 불행의 씨앗이 또 싹트는 거잖아. 우리가 고등학생 입장에서 이 문제를 다뤄서 세상에 알리는 거야. 어때?"

보담은 고개를 끄덕였다.

"그건 말 되는데? 학생이 이렇게 직접적으로 청소년 성 문제를 다루는 다큐멘터리를 만드는 건 쉽지 않을 거야. 그렇지? 천만 원을 받으면 은지한테도 도움이 될 거고."

보담이가 찬성하고 나서자 항금이도 바로 방향을 바꿨다.

"그래. 민성이 네가 만날 동영상 찍잖아. 그게 이렇게 쓸모 있을 줄은 몰랐네."

"야, 이 계집애야. 아깐 안 된다고 그렇게 펄쩍 뛰더니 갑자기 왜 그래? 보담이가 된다고 하니까 그러기냐?"

툴툴거리는 민성이를 제치고 재석이가 말했다.

"야, 일단 이걸 만들면 김태호 선생님한테 좀 보여 드리고 자문을 받으면 될 것 같아. 그리고 인터뷰도 따는 거야. 권 선생님한테 가서 청소년 성 문제와 미혼모 문제를 물어보면 좋을 거 같은데?"

"오케이, 좋아."

그때 보담이 물었다.
"문제는 은지 허락을 받아야 한다는 거야. 은지가 허락을 안 하면 어떻게 하지?"
"글쎄, 그게 문제네."
네 아이는 다시 골머리를 앓았다. 은지가 만약 허락하지 않는다면 모든 것이 다 수포로 돌아가기 때문이다. 민감한 문제인데 강제로 찍자고 설득할 수도 없는 노릇이었다.
"그러면 내일이 토요일이니까 어차피 은지한테 갈 거잖아. 그때 상의해 보자."
"그래, 알았어."
그날은 거기까지 이야기하고 그만 돌아가기로 했다.

재석은 집에 오는 길에 엄마의 식당에 들러 가게 문 닫는 것을 도왔다.
"웬일이냐? 야자는 안 하고?"
"네, 야자는 안 했어요. 은지 때문에요."
"그래, 어떻게 됐니? 에효, 그 부모 마음이 어떨까? 정말 남의 일 같지가 않다."
재석이가 이것저것 이야기를 하자 엄마는 가만히 들어 주었다.
"그래서 민성이가 동영상을 찍어 가지고 돈 벌어서 은지를 돕자고 하는데요. 내일 은지한테 가서 물어보려고요. 허락을 하면 한번 해 볼까 생각하는데……, 역시 안 하겠죠?"

엄마는 고개를 저었다.

"아니야. 그렇지 않아."

"네?"

"엄마란 강한 존재야. 뱃속의 아이에게 도움이 된다고 하면 아마 은지도 허락할지도 몰라."

"정말요?"

"그럼. 애를 위해서라면 엄마들은 죽을 각오도 할 수 있는 사람들이야."

엄마의 말을 듣자 재석은 할 말이 없어졌다. 그런 마음으로 그동안 엄마가 힘든 생활을 버텨 왔다는 것을 잘 알고 있기 때문이다. 가로등 켜진 길을 한동안 말없이 걸으며 재석은 엄마의 어깨를 감쌌다. 엄마는 재석의 허리를 감싸 안으며 기대 왔다. 멀리서 보면 마치 다정한 연인이 걷는 것처럼 보였다.

"……."

"재석아, 고맙다. 네가 이렇게 바른 길을 걸어 줘서. 눈물이 다 난다."

"에이, 울지 마요."

"우리 아들이 이렇게 동정심 많은 사람으로 커서 다른 사람을 돌보다니, 꿈인지 생신지 모르겠다. 정신 못 차릴 때는 내가 얼마나 걱정을 했는데."

그 말을 듣자 재석이는 울컥했다. 자신의 고통과 고민을 제일 중요하게 여기고 상대방을 배려하지 않았던, 엄마 속만 썩이던 그 시절의 자신이 너무 어리석게만 느껴졌기 때문이다.

"미안해요, 엄마. 앞으로 더 잘할게요."

"그래, 고맙다. 보담이와 향금이와 민성이, 은지까지 다 고맙다. 우리 재석이 철들게 해 줘서. 엄마가 나중에 은지 방 얻을 때 필요하다면 돈 보태 줄게. 엄마도 1~200만 원은 도와줄 수 있어."

"정말요? 엄마?"

"그럼. 우리 아들이 이렇게 착하게 나서는데 내가 보답을 해야지. 그리고 아기 낳으면 내가 가서 돌봐 주고 할 테니까 걱정하지 마, 우리 아들. 은지가 원하는 대로 잘 도와줘라."

"야, 우리 엄마 멋져요."

"멋지긴, 이 녀석아."

재석은 가슴이 뭉클해졌다. 순수하게 마음 가는 대로 누군가를 도우려고 하니 이렇게 엄마와 가슴 따뜻한 대화를 나누게 되고, 또 가족 사이에도 화합이 일어나는구나 싶었기 때문이다.

학교에 가고 싶어

 다음 날 아침 일찍 네 사람은 은지네 집을 찾았다. 먹을 것과 생필품을 잔뜩 사서 들고 벨을 누르자 은지가 문을 열어 주었다. 하룻밤 푹 잤을 뿐인데 은지는 벌써 얼굴이 화사하게 고와져 있었다.
 "은지야, 잘 잤어?"
 "응. 나 아침에 샤워했어."
 얼굴에서 비누향기가 뿜어져 나오는 것 같았다. 자세히 살펴보니 은지는 참 얌전한 동양적인 미모를 가지고 있었다. 향금이가 건네준 집에서 입는 편안한 옷을 입어서이겠지만 배가 눈에 띄게 불러 보였다. 누가 봐도 임산부임을 알 수 있었다. 한 달 뒤면 아기를 낳는다는 사실이 실감됐다. 아이들은 한쪽에 둘러앉아 과자를 꺼내 먹으며 이야기를 나누었다.

"야, 따뜻하고 좋다."

"응. 딴 애들은 다 공부하러 왔다는데 나는 아무것도 안 하고 있자니 좀 이상해."

"공부하고 싶어?"

"응. 나 학교로 돌아가고 싶어."

그 말에 숙연해지는 네 사람이었다.

"교복 입고 다니는 애들 보면 속상해. 그땐 그렇게 입기 싫었는데, 지금은 교복을 못 입게 되니까 입고 다니는 게 부러워."

재석과 민성은 속으로 찔끔했다. 학교를 뛰쳐나가고 싶어서 사고를 치고 언제든 잘려도 좋다고 생각했던 자신들의 과거를 떠올리니 부끄러웠기 때문이다.

"자, 이거 과일 좀 먹고, 와, 여기 창밖 전망도 좋네."

향금이가 내다보며 말했다.

"응. 내다보니까 저 멀리 산도 잘 보여. 너희가 여기 구하느라고 돈 많이 썼겠다. 여기 비싼데 어떻게 얻었니?"

"걱정하지 마. 비싸긴 뭐가 비싸냐? 우리가 다 모금했어."

"아차! 너 몰랐구나. 네 이야기 듣고 친구들이 조금씩 모은 거야."

"정말이야?"

은지는 갑자기 말이 없어졌다. 자신이 아이들의 관심사가 되었을 것을 생각하니 얼굴이 붉어졌다. 하지만 가만히 생각하니 그 아이들의 도움이 없었다면 무거운 몸으로 피신할 곳도 없이 거리를 헤맸을 생각에 안도감도 생겼다.
"응. 혹시 우리가 네 허락도 없이 모금을 해서 화났니?"
"아니야. 고마워서 그래."
　은지는 갑자기 눈물을 흘리기 시작했다.
"은지야. 울지 마. 네 이름은 말 안 했어. 그리고 엄마가 될 사람이 왜 자꾸 울어."
"미안해. 이렇게 소중한 친구들이 많은데 나는 학교 다닐 때 하나도 몰랐잖아. 난 정말 바보야. 밖에 나오고 나니까 학교 가고 싶은데……."
　학교에 가고 싶다는 말을 들으니, 네 아이는 모두 자기가 얼마나 행복한지를 알게 되었다. 이 행복을 지키지 못하고 학교를 거부하고 멀리 떠나고 싶어 하는 아이들이 얼마나 어리석은지 깨달았다. 민성이가 더 이상 참을 수 없다는 듯 말을 꺼냈다.
"은지야. 사실은 너한테 우리가 할 이야기가 있어. 이건 네가 원치 않으면 안 해도 돼."
"뭔데? 말해 봐."
"먼저 이걸 좀 봐."
　민성은 아이패드를 꺼내서 보기 좋게 설치했다.

"이건 지금까지 내가 찍은 너의 영상이야. 네 허락도 안 받고 찍어서 미안해. 난 나중에 촬영감독이 되고 싶거든. 너뿐 아니라 기회가 있을 때마다 내가 본 모든 것을 찍어 두곤 했어. 그러니깐 이해해 주고. 일단 보자."

첫 장면은 야자가 끝나고 밤거리를 걸어가는 아이들의 모습과 은지가 친구들을 만나 우는 장면으로 시작되었다. 은지와 아이들이 만날 때마다 벌어진 일과 대화가 거의 빠짐없이 담겨 있었다. 모두 깜짝 놀랄 정도였다.

"아니, 언제 이런 걸 다 찍었어? 우린 찍는 줄도 몰랐어."

보담이가 말했다. 향금이까지 펄쩍 뛰었다.

"야, 나 머리카락 저렇게 엉클어져 있는 걸 찍었어!"

"이건 다큐멘터리야. 그냥 찍는 거야. 이건 예쁘게 찍는다고 해서 되는 게 아니야."

이 소란 속에서도 은지는 화면을 물끄러미 바라보고만 있었다. 자신의 객관적인 모습을 보니 여러 가지 감정이 드는 모양이었다.

"<u>으흐흐!</u>"

그러더니 갑자기 다시 또 눈물을 흘렸다. 아이들은 모두 당황했다.

"민성아. 그거 봐! 인마. 너 왜 그래? 괜히 이런 걸 찍어 가지고!"

재석이가 곤란함을 모면하기 위해 일부러 더 화난 척을 했다. 그러자 민성이 말했다.

"야, 내가 뭐…… 은지야, 울지 마."

향금이가 다시 한 번 은지를 감쌌다.

"넌 허락도 없이! 이건 초상권 침해야. 은지 화났잖아!"

다큐멘터리 찍어서 돈을 번다는 계획은 이미 물 건너간 것 같았다. 민성이는 더 이상 어쩌지 못하고 화면을 껐다. 그리고 주섬주섬 태블릿 피시를 집어넣으며 말했다.

"은지야, 기분 나쁘다면 다 지울게. 약속해. 미안하다."

그때 은지가 평온한 얼굴로 말했다.

"아니야. 너희들이 잘못한 거 없어. 내가 내 모습을 보니까 너무 한심해. 우리 엄마 아빠가 왜 나를 미워하고 욕했는지 알 것 같아."

의외의 이야기였다.

"뭐, 뭐라고?"

"내 배부른 모습이랑 저 쓸쓸한 모양새를 보니까 정말 한심해. 도서관 다니고, 야자할 시간에 저러고 다니니까 우리 엄마 아빠가 얼마나 가슴이 미어졌겠어? 난 내 모습을 한 번도 보지 못했잖아. 내가 봐도 내 꼴이 미워. 미워 죽겠어."

네 아이는 할 말을 잃었다. 은지는 처음으로 자신의 모습을 객관화해서 보게 된 것이었다. 민성이의 영상에 비친 자신의 모습은 고등학생의 그것이 아니었다. 배가 불러 있고, 머리는 노랗게 물들인 채 밤거리를 헤매거나 우울하게 웅크리고 있는 모습이 적나라하게 드러나 있었다.

"그래. 암튼 이건 지울게. 은지야, 울지 마. 아기한테 안 좋아."

보담이와 향금이가 말했다.

"아니야. 덕분에 내가 얼마나 한심한지 알게 됐어. 우리 엄마 아빠한테 내가 얼마나 불효를 했는지도……."

더 이상 어떤 말도 꺼낼 수 없었다. 머쓱한 상태에서 민성이와 재석이는 방 밖으로 나와 복도를 어슬렁거렸다. 여자애들끼리 이야기하도록 두는 게 좋을 것 같았기 때문이다. 복도에 나와 앉은 두 아이는 구시렁거렸다.

"허, 여자애들은 눈물도 참 많아."

"그러게 말이다."

"병규 새끼. 진짜 나쁜 놈이야."

만만한 게 동네북이라고 이럴 때 욕할 수 있는 건 병규뿐이었다.

"은지도 이런 경험이 처음이라 저런 거야. 영상으로 찍어서 자기 모습을 보잖아? 문제아들도 좋아지는 경우가 많아."

"왜?"

"자기가 사고 치는 걸 스스로는 못 보잖아. 그런데 막 애들 때리고 난동을 피우고 하는 모습을 찍어서 보여 주잖아? 그러면 갑자기 저게 나라는 인식이 팍 드는 거지. 그러고는 각성을 한대."

"그래?"

"그래. 영상의 효과가 이렇게 놀라운 거야. 사람이 받아들이는 정보의 80퍼센트가 눈으로 보는 거라잖아."

"어라, 가만 있어 봐. 너 왜 이렇게 똑똑해졌냐? 김민성. 보통 아닌데? 짜식."

"내가 뭐랬냐? 감독 된댔잖아. 감독이 되려면 아는 게 많아야 돼. 아는 게……. 내가 공부 좀 한다는 거 아니냐."

"공부 같은 소리 하네. 에라이."

"어쭈? 무식하면 감독이 될 줄 아냐? 감독이 똑똑해야 배우들도 말을 잘 듣고 그러는 거야. 감독이 될 몸이시니 앞으로 잘 모셔, 인마."

"아이구, 모시기는, 얼어 죽을……."

그렇게 둘이서 또 장난을 치고 있는데 문이 열리면서 향금이가 말했다.

"민성아, 좀 들어와 봐. 재석이도."

"어? 그래, 그래."

두 아이는 방 안 분위기를 궁금해 하며 안으로 들어갔다. 은지는 세수를 했는지 울었던 자국이 모두 사라지고 없었다.

"은지가 우리 이야기 다 들었거든. 자세하게 설명해 줘 봐. 은지가 관심 있대."

"정말이야?"

재석과 민성은 귀를 의심했다. 아까 울고불고 할 때는 전혀 허락할 것 같지 않았기 때문이다.

"오! 그래, 그래! 야, 이게 말이야. 상금이 천만 원인데 이거 찍어서 내보내면 돼. 내가 학생들 다큐멘터리 많이 봤거든. 그런데 애새끼들 다 한심해. 뭐, 성에 관한 건 기껏 한다는 게 성교육 수준이고. 아니면 공부 잘하는 법, 뭐 이런 거야. 아니면 자기들끼리 밴드 공연하는 거, 아니면 그…… 뭐라더라? 그래, 발명품대회. 이런 거란 말이지. 그러니까 이번에 은지네 이야기를 내면 대박이야. 경각심을 불러일으키잖아. 금안여고라든가 한성여고에도 도중에 학교 관둔 애들, 임신한 애들 있잖아. 그렇게 우리 주변에도 많이 있는 이야기야. 우리가 이런 걸 알려야 되지 않겠냐? 다큐멘터리 만들어서 진짜 성교육이 뭔지 확실히 보여 주자고. 그다음에 세상에다 우리들이 나름 고민하고 생각하고 있다는 걸 보여 주는 거지. 은지가 지금 겪고 있는 거는 내가 조금 생각해 보니까 이 시대의 여고생이면 누구나 겪을 수 있는 문제야. 한마디로 티피컬한 거야."

"티피컬?"

"응. 전형적인 거라고."

"전형적이 뭐야?"

"그게 좀 어려운 말인데 가장 틀에 박힌 경우라는 거야. 누구나 다 겪을 수 있는 일이라는 걸 보여 주자고. 은지 네가 오케이만 하면 인터뷰도 따고……. 물론 얼굴은 모자이크 처리

할게. 모자이크. 널 보호하기 위해 필요한 거야. 그러니까 하고 싶은 이야기 다 해. 거기다가 병규한테 할 말도 하고, 엄마 아빠한테 할 말도 하고……. 학교에다 하고 싶은 말도 하고……. 내가 잘 편집할게. 잘되면 상금도 받잖아."

민성이가 좔좔 대답하는 걸 보고 재석과 보담, 향금은 모두 깜짝 놀랐다. 까불기나 하고 장난만 치는 줄 알았는데 자기 꿈과 관련된 부분을 말할 때는 열정과 설득력이 장난 아니었던 것이다. 은지는 말없이 듣고만 있었다. 그러더니 한마디 물었다.

"민성아!"

"응! 말해!"

"이 영화 찍으면 상금이 문제가 아니고, 애들이 많이 볼까?"

"애들이? 보는 애는 보겠지, 관심 있는 애는……. 많이 보는 걸 원해?"

"응. 난 임신이라는 게 이렇게나 힘들고 어려운 건지 정말 몰랐어. 다른 애들은 이런 일 안 겪었으면 좋겠어."

"그렇구나. 음……, 그럼 이렇게 하자. 대회에 내보낸 다음 이걸 또 유튜브에 올릴게. 야! 우리 애들 쫙 풀면 돼. 1~2만 건은 금방 조회될 거야."

"그래? 정말이야?"

"응. 애들이 다 보고 생각할 수 있게 해 줄게."

은지는 잠시 뭔가를 더 생각하는 눈치였다.

"그러면 민성아, 나도 영화 좋아하거든."

"응. 말해, 말해."

"이왕 찍는 거라면 나 아기 낳는 거까지 다 찍어."

"억!"

네 아이는 너무나 큰 충격에 사로잡혔다. 은지가 이렇게까지 과감한 말을 할 줄은 꿈에도 생각하지 못했다. 민성은 덜덜 떨기까지 했다.

"아기 낳는 거 못 찍으면 병원 분만실에 들어가는 것만이라도 찍어 줘."

은지는 키가 작고 여위었지만 의외로 강한 면모를 가지고 있었다. 네 아이는 은지의 그러한 강인함에 놀랐다. 그것도 모두 모성애에서 나온 건지는 알 수 없었다.

"그리고 너희들이 좀 도와줘. 다큐멘터리에 할 말 다 할 거야. 다큐멘터리에 나갈 테니까 너희들이 도와줘야 해."

"그, 그래. 알았어!"

"그리고 상금은 못 받아도 좋아. 꼭 널리 알려 줘. 다른 애들한테…… 임신하지 말라고. 정말 조심하라고."

그러면서 은지는 자신의 사연을 이야기했다. 지금껏 그토록 듣고 싶었던 이야기가 비로소 은지 입에서 나올 참이었다.

치킨 집을 하던 은지네 아빠와 엄마는 장사가 잘될 때는 사이가 좋았다. 연일 배달원 세 명이서 치킨을 배달하고 돌아오는 동안 수익은 늘어 갔고, 아파트 평수를 늘려 가며 웃음꽃이 피어났다. 그런데 문제는 그동안 경쟁이 심해졌다는 것이었다. 신개발지에 먼저 자리 잡았던 은지네 치킨 집은 이내 후속으로 들어오는 상가마다 생긴 대기업 치킨 집에 밀리기 시작했다. 아무리 정성을 다해도 평준화된 맛에 길들여지고 빠른 서비스에 익숙해진 사람들은 서서히 은지네 치킨 집을 멀리했다. 사업이 어려워지자 결국 가정불화가 심해졌고 아빠는 결국 가게를 정리하고 지금은 실업자가 되었다. 아빠 엄마의 사이가 좋지 않고 빚만 늘어나는 상황에서 은지는 기댈 곳이 없었다.

"나 의지할 곳이 없었어. 그래서 집에 와도 재미가 없었고 학교에서도 마찬가지였지. 그런데 우연히 병규 오빠 사진을 본 거야. 딱 보는 순간, 이런 오빠가 내 남자 친구면 정말 좋겠다는 생각이 들었어. 그래서 만나게 된 거야. 나는 병규 오빠한테 의지했어. 오빠는 다른 사람과 달리 나한테 정말 잘해 줬어."

같은 학년인 친구에게 오빠, 오빠 하는 것이 듣기 거슬렸지만 그만큼 누군가 의지할 사람이 필요했다는 것을 재석과 민성은 이해했다.

"그런데 오빠의 스킨십 농도가 점점 짙어지는 거야. 맨 처음에는 키스하다가 만지고 하더니, 결국 나랑 자고 싶다고 그러더라고."

은지의 어투가 격해지는 것을 보고 보담이 조심스럽게 말했다.

"은지야, 얘기하기 싫으면 안 해도 돼."

"아니야. 누구한테든 얘기하고 싶었어. 그런데 피임법도 나 알아. 피임해야 된다는 건 알았는데 그러면 오빠가 나를 싫어할 것 같았어. 오빠가 날 싫어하면 난 갈 데가 없잖아. 의지할 곳이 없잖아. 그래서 오빠가 나를 싫어하지 않게 하려고 오빠가 원하는 대로 했어. 그랬더니 그만 임신이 된 거야. 으흑흑흑!"

은지의 잘못이 아니었다. 은지가 외로움을 느낄 수밖에 없게 한 부모의 불화가 문제였고, 사회적 환경이 문제였고, 마음의 결핍감을 해소해 주지 못한 사회적 척박함이 문제였다. 따지고 보니 모든 원인이 사회에서 오는 것이 분명했다. 치열한 경쟁이 은지를 이렇게 만든 것이다.

"나는 정말 화가 나."

보담이 냉철하게 말했다.

"왜 대기업끼리의 경쟁 때문에 은지네 치킨 집이 망해야 하고, 은지가 왜 이렇게 불행한 결과를 감당해야 하는 거야? 전에 내가 뉴스를 보니까 '골목상권보호법'인가 하는 것도 국회에서 통과되었다던데 말이야."

"그게 뭐야?"

"대형마트의 영업을 전에는 자정부터 다음 날 아침 8시까지 제한했는데, 그 시간을 다음 날 오전 10시까지로 연장한 거, 그런 게 골목상권보호법이야. 그리고 한 달에 의무적으로 쉬는 날도 늘렸고. 큰 마트들은 다 반대했지만 정치인들이 서민들 표를 얻으려고 나선 거래."

보담은 그런 시사 상식에 정말 강했다. 매일 신문을 본다더니 정말 그 위력이 대단한 것 같았다. 법적인 것까지 조리 있게 말하는 모습을 보니 마치 무슨 변호사라도 된 것 같았다.

"그러면 골목상권이 살아나야 하는 거 아니야?"

재석이 의아한 얼굴로 물었다.

"그런데 그 영향력이 별로 없어서 문제야. 이렇게 은지네 같은 작은 가게가 덕을 보려면 정말 오래 걸리고 거의 불가능해."

"우리 집도 어렸을 때는 부자였는데 아버지 사업이 그렇게 망했어. 그래서 엄마 품에서 떨어져 할머니 댁에서 컸지. 그 기분 몰라. 다른 애들은……."

재석이 심각한 얼굴로 자신의 아픈 상처를 조금 드러냈다.

"야, 야. 이러다 울겠다. 분위기 좀 바꾸자. 그런 이야기를 다 우리 다큐멘터리에 담자고."

민성이 분위기를 전환시켰다.

"그래, 그럼 이제 뭘하면 되지?"

"그러면 말이야. 좋아, 좋아. 자, 우리 이거 천만 원 벌자! 우리의 은지 이야기를 가지고! 오늘도 좀 찍어야 되겠어. 지금까지 은지가 했던 이야기를 다시 인터뷰로 딸게."

"야, 주제는 뭐로 정할 건데?"

재석이 물었다.

"주제는. 음…… 아! 임신은 나쁘다. 아이쿠, 이건 아닌데. 학교가 나쁘다? 어어, 이것도 아닌데."

향금이가 말했다.

"넌 뭐가 그렇게 나쁘다고만 그래? 긍정적인 걸로 해야지."

"그럼 임신은 좋다, 그러냐?"

"아니, 그게 아니라, 가정의 평화를 이루자. 이런 게 좋지 않냐? 가정의 평화를 지켜야 이런 일이 안 생긴다고."

그러자 논리적인 보담이 말했다.

"미혼모, 청소년 임신의 문제점. 이런 건 어때?"

"야, 무슨 논문이냐? '추적 60분' 같다."

"야, 그럼 제목은 나중에 정하고 구체적으로 어떤 내용을 담을지 연구를 해 보자."

은지는 자기를 중심으로 네 아이가 설전을 벌이는 모습을 보더니 다시 생기를 찾았다.

"애들아. 내가 의견 좀 말해도 될까? 막상 임신을 해 보니까 정말 갈 데가 없어, 우리 사회에. 그리고 임신이 정말 큰 잘못이 되어 버리는 거야. 물론 잘했다는 건 아닌데. 정말 죄인처럼 만드는 분위기는 문제라고 생각해. 그러니까 이런 부분을 잘 좀 정리해 줘."

"그렇지?! 내가 저번에 보니까 우리 탈북자가 2만 명, 3만 명이라는데 다들 탈북자를 도와주자고 하잖아? 그런데 청소년 임신은 매년 그만큼 생기는데 아무도 안 도와주잖아."

"옳지! 그거야. 내가 사회적 시각으로 다뤄 볼게."

민성이가 떠들었다.

"사회적 시각이 뭐냐?"

"뭐…… 하여간 그런 거 있잖아. 학교……. 에이, 그런 거 있어. 그냥 찍으면 돼."

민성이 아무리 감독을 꿈꾼다지만 아직 그렇게까지 많은 걸 알 수는 없었다. 아무 경험도 없이 갑자기 다큐멘터리를 찍는다는 게 쉬운 일이 아니라는 것을 모두 알게 되었다. 방향이 있어야 하고 주제가 있어야 되는 일이었다.

"그럼 이렇게 하자. 시나리오는 내가 써 볼게."

재석이 말했다.

"네가? 그럼 좋지. 너 글 잘 쓰잖아."

"내가 시나리오를 쓰고, 보담이가 그 사회적인 거랑 제도적인 거는 좀 공부해서 나에게 알려 줘."

보담이는 그건 자신 있다는 듯 고개를 끄덕였다.

"그래, 나도 인터넷이랑 좀 찾아보고, 법적인 부분도 알아볼게. 중요한 건 왜 학교가 은지 같은 애들을 내치느냐는 거야. 학교 교칙도 살펴봐야 할 테고……. 우리가 짚고 넘어가야 할 문제가 뭔지 알아볼게. 그리고 권 선생님한테도 자문을 구해 볼게. 권 선생님 인터뷰도 따고."

그러자 향금이가 발끈했다.

"나는? 나는 뭐 하라고? 나도 하는 게 있어야 하잖아."

"야, 이런 거에 춤추고 노래하는 걸 담을 수도 없잖아."

민성이 면박을 주었다.

"아니야! 이런 거에는 내레이션과 리포터가 있어야 돼."

"옳지! 그거야! 나는 그거 하면 되겠네!"

향금이가 그제야 자기가 할 일이 생겼다는 듯이 펄쩍펄쩍 뛰었다.

"그럼 역할분담은 다 됐네. 김 감독은 촬영, 그다음에 나는 글, 보담이는 자료수집과 정리, 그리고 향금이는 내레이션과 리포터, 그리고 은지는 주인공."

"오케이!"

다섯 아이는 하이파이브를 했다. 아까까지 울고불고 하던 은지는 어느새 자기를 중심으로 다큐멘터리를 찍는다니까 킬킬대고 웃었다. 철이 없는 건지 원래 천성이 낙천적인 건지 알 수가 없었다.

그날 오후 내내 민성이는 은지의 생활상을 찍는다고 방 안에서 쉬는 장면, 책을 보는 장면 등을 이리저리 찍고 궁금한 게 생각나는 대로 인터뷰를 했다. 재석은 옆에서 지켜보며 메모를 꼼꼼하게 했다. 향금이는 리포터 역할을 하겠다고 벌써 눈을 반짝이며 인터뷰하는 장면을 지켜보며 연습을 했다. 다는 알려 줘 가지고. 이씨, 나 책임질 일 한 적 없어. 내가 사람을 좀 줘 팼을지는 모르겠지만 그쪽으로는 깨끗하다니까. 환장하겠네, 속을 보여 줄 수도 없고."

"얘야, 얘. 너 몰라? 은지? 얘가 은지잖아."

"야, 나 애 본 적이 없어."

휴대전화로 은지의 사진을 보여 주며 말했지만, 병규는 정말 비겁하게도 뚝 잡아뗐다. 하지만 병규 못지않게 재석과 민성도 집요했다.

"야, 네가 부인하는 심정은 알겠는데 인마, 남자로서 그러면 안 되지. 여자애 하나 운명이 망가지잖아. 뻔히 임신시켜 놓고 이제 와서 모른 척하면 어떡해?"

"아이, 씨발. 새끼들이 정말. 아니라는데 왜 자꾸 이래! 나 그렇게 의리 없는 사람 아니야. 은진지, 은민지 알 게 뭐야! 몰라! 솔직히 나 여자애들하고 놀긴 놀았어. 근데 기억이 없다고! 새끼들아, 다시 여기 오지 마. 가라고! 다시 오려면 은민지, 은진지 데리고 와. 확! 엎어 버리려니까."

병규는 거칠게 이야기한 뒤 커피숍을 빠져나갔다. 재석은 그런 병규의 거친 모습을 보면서도 싸늘한 자신의 감정이 신기할 정도였다. 그도 그럴 것이 전 같았으면 주먹이 날아가도 벌써 날아갔을 텐데, 이제는 그럴 마음이 들지 않았다. 이미 그때의 재석이 아니었다. 병규가 화를 내고 나가자 민성이 웃음을 지으며 오케이 사인을 그려 보였다.

"좋아, 좋아. 잘 찍혔어."

"잘 나왔냐?"

"응."

옷깃을 헤치자 그곳에는 민성이 준비해 놓은 카메라가 테이프로 붙어 있었다. 몰래카메라를 찍은 것이다.

"이렇게 안 하면 저놈을 찍을 수가 없잖아. 그리고 저 무책임한 장면을 쫙 보여 주는 거야. 그러면 애들도 충격 좀 받을 거야. 자기 애 아니라고 방방 뛰는 거 봐라. 저 나쁜 새끼. 하여간 두고 봐."

그렇게 해서 둘은 소기의 목적을 달성했다. 어차피 부인한다면 그 모습 그대로를 찍어 보여 주는 것도 나쁘지 않겠다는 생각이 들었다. 무책임한 모습을 통해 주제를 효과적으로 전달할 수 있을 것 같았다.

수유리를 떠나려 지하철역으로 내려가는데 저만치 버스 정류장에서 쫄바지를 입은 낯익은 뒷모습이 보였다. 3학년 짱이던 남기명이었다.

"어? 기명이 형이다. 기명이 형!"

민성이 자기도 모르게 소리쳐 불렀다. 그러자 재석이 민성의 옆구리를 쿡 찔렀다.

"야, 야! 뭐 하러 아는 척을 해?"

재석은 난감했다. 그러자 담배를 피우고 있던 기명이 돌아보더니 다가왔다.

"어? 재석이하고 민성이구나아. 어쩐 일이냐아? 이 동네에는."

"저 병규 좀 만났어요."

"어, 병규 만났어어? 뭐래냐아?"

"뭐, 그냥, 그냥요. 병규가 짜증을 내 가지고요."

"짜증? 음, 요즘 동네 분위기가 좀 안 좋다아."

"왜요?"

"니들도 알잖냐아? 여기 원래 쌍날파가 접수한 지 몇 년 안 됐거든. 김병장파가 여기서 놀았었는데 애네들이 저기 도봉동 쪽으로 밀려났어어."

"그런데요?"

"아, 그런데 이 자식들이 거기서 세를 불린 거야. 의정부 애들하고 만나 가지고오. 그래서 여기를 지금 언제 덮칠지 몰라아."

"예? 정말요?"

"그래에. 그래 가지고 기도라든가 조직원 애들이 다 긴장해 있어어. 형님들이 만날 긴장하고 정신 차리라고 난리거든. 그러니까 병규도 짜증 좀 났을 거다아. 이해해라, 이해해. 요즘 먹고살기가 힘들어어."

"아, 네."

"자, 조심해서 가고오. 아차아, 그리고 니들 용돈 있냐아?"

기명이는 호기롭게 지갑에서 5만 원씩을 꺼내 둘에게 내밀었다.

"됐어요. 괜찮아요."

"자식들, 받어어. 형님이 주는데 니들 인마, 이젠 민간인 다 됐지만 그래도 옛날엔 한때 스톤에서 날렸잖아아. 재석이 넌 지금쯤 오면 쫙쫙 클 수 있는데, 자식 범생이가 되어 가지고 오……."

기명은 한껏 폼을 잡고 사라졌다. 두 아이는 씁쓸한 표정으로 기명이 준 5만 원을 바라보았다.

"야, 은지나 갖다 주자."

"그래."

터덜터덜 걸어가는데 앞에 시커먼 밴이 한 대 와서 섰다. 나이트클럽에 출연하는 연예인이 온 것 같았다.

"연예인이다!"

본능적으로 민성이는 카메라를 들었다.

"인마! 또 시작이냐?"

"무조건 찍고 보는 거야. 찍는 데 뭐, 돈 드냐?"

밴 문이 열리더니 짧은 치마에 노출이 심한 상의를 입은 걸 그룹이 내렸다.

"어? 브랜뉴다."

"브랜뉴?"

"응! 요즘 신곡 나왔다더니. 이런 데도 공연하러 오네."

"허, 걸그룹이 이런 데도 오나?"

"쟤네들 요즘 약간 인기가 갔잖아."

"가만있어 봐. 브랜뉴면……."

재석은 뭔가를 떠올리며 차 안을 기웃거렸다. 아니나 다를까, 브랜뉴의 로드매니저 봉식이 마침 차에서 내렸다.

"형!"

"누구? 어? 재석이! 어? 민성이?"

"형! 오랜만이에요!"

"니들 여기 웬일이냐?"

브랜뉴 멤버들을 입구까지 안내하고 나서 봉식은 반갑게 아는 체를 했다.

"여기 아는 애가 있어서 왔다가 가는 길이에요."

"이 자식들 수유리까지 진출했어? 하하하."

"형, 반가워요."

"그래, 그래. 브랜뉴 공연 올라갔으니까 잠깐 가서 맥주나 한잔씩 할까? 오늘은 마침 내가 운전을 안 해도 되는 날이라."

"형, 저는 미성년자인데."

"고삐리인지 아닌지 어떻게 알아, 인마! 덩치는 산만 해 가지고. 이리 와. 맥주나 한잔하자."

봉식은 편의점으로 아이들을 끌고 갔다.

"야. 브랜뉴 공연 끝나고 내려오는 데 20분 걸리거든? 딱 한잔만 하자."

형은 그 사이에 겉모습이 더 세련되어졌다.

"형! 멋있어졌는데요?"

봉식은 금목걸이를 하고 상하의는 검은색으로 맞춰 입고 있었다.

"편하게 작업복 입고 다녔더니 브랜뉴 리더인 미나가 세련되게 입으라고 해 가지고 이젠 이러고 있는데, 영 죽겠다."

"형, 부러워요."

"부럽긴 자식아, 매니저가 뻔하지. 그래, 너 공부는 열심히 하고 있냐?"

"음……, 그럭저럭요. 공부가 잘 안 돼요."

"빨리 꿈을 찾아야 돼. 이런 매니저 같은 거 하지 말고 좋은 꿈 찾아. 공부해야 돼, 공부. 고등학교 때 공부 안 한 거 지금 내가 얼마나 후회하는 줄 아냐?"

봉식은 캔 맥주를 따고 한꺼번에 반 정도를 벌컥벌컥 들이켰다.

"캬! 시원하다. 니들도 마셔, 마셔."

"예, 예."

"마셔도 돼, 인마. 내가 망봐 줄게."

편의점 입구 골목에서 재석과 민성은 홀짝홀짝 맥주를 마셨다.

"그나저나 브랜뉴 요새 잘되고 있어요?"

"뭐, 계속 노력은 하고 있는데 이쪽도 경쟁이 살벌하잖아.

재석이는 요새 주먹 안 쓰지?"

"네, 저 손 씻었어요."

"그렇지? 그럼 너 앞으로 뭐 하려고 하냐?"

"글쎄요. 지금 공부를 하고 있긴 한데, 성적이 안 돼서요."

"거봐, 한번 놀면 성적이 안 나와, 인마. 재수나 삼수할 각오도 해야 돼."

"형은 어떻게 그렇게 잘 아세요?"

"내 친구 중에 학원 강사가 있거든. 걔가 얘기하는데 공부하는 습관이 제대로 안 잡히면 재수 삼수해서 습관을 딱 잡기 전에는 좋은 대학 못 간대. 넌 그럴 각오하고 열심히 해라. 민성이는 여전히 촬영감독이 꿈이냐?"

"네! 우리 같이 사진 한 장 찍어요!"

민성이가 또 넉살 좋게 카메라를 들이댔다. 같이 사진을 찍고 나서 이런저런 이야기를 나눴다.

"형, 아까 기명이 형이 말하는 거 들어 보니, 여길 김병장파가 덮칠지도 모른다고 하던데?"

"그런 건 우리랑은 상관없어. 조폭 새끼들이 뭔 지랄을 하든 말든 우리 애들은 연예인이잖아. 접수하면 우린 또 그놈들하고 관계 맺으면 돼. 연예인들은 안 건드려."

"아, 그렇구나."

"그나저나 여긴 웬일로 왔나?"

"음, 병규라는 놈이 사고를 쳐서요. 뭘 좀 물어보러 왔는데

협조를 잘 안 해 주네요."

"병규? 병규? 어디서 많이 듣던 이름인데?"

"옛날에 우리 집 앞에까지 와서 나하고 한판 붙자고 덤비던 놈 있었어요. 형 군대 휴가 나왔을 때."

"아, 그 녀석. 그 자식 여기서 기도 보냐? 결국엔 이 길로 갔구나? 재석이 넌 정말 다행이다. 너희 엄마 좋아하시지?"

"뭐, 그렇죠."

"그래. 공부 열심히 하고 나중에 언제든 어려운 일 있으면 형한테 얘기해. 연예인들 만나고 싶으면 연락하고. 내가 한번 만나게 해 줄 테니까. 너희 브랜뉴 사인은 있냐?"

"응? 없는데요?"

"잠깐만 기다려."

차에 가서 봉식은 브랜뉴의 사인이 된 사진을 두어 장 가지고 왔다.

"미리 해 놓은 건데 니들 가져가."

"내 이름 없잖아요."

"이리 와. 내가 적어 줄게."

'To. 김민성', 'To. 황재석' 봉식은 이렇게 직접 써서 한 장씩 건네 주었다.

"향금이하고 보담이 것도 주세요."

향금이와 보담이에 은지 것까지 둘은 다섯 장을 챙겼다.

"근데 형이 이름을 쓰면 어떡해요? 브랜뉴가 써야지."

재석이가 엉터리라는 듯 약간 볼멘소리를 했다.

"야! 내 글씨체랑 얘들 거랑 별로 다르지도 않아. 내가 똑같이 연습했잖아, 인마."

"우와, 진짜 그래요."

"아무도 몰라. 이거 슥 이렇게 해 가지고 주면 돼. 얘들이 차로 이동할 때 100장씩 해 놓으면 내가 다니면서 필요한 사람한테 이름만 써서 줘. 아주 감쪽같아. 뭐, 그래 봐야 이 사인 열 장 모아야 소녀시대나 선스타 거 한 장이랑 바꾸지만."

"정말요? 푸하하하하!"

"아이고 배야!"

재석과 민성은 배를 잡고 웃었다.

"자, 애들 좀 있으면 나오니까 이제 그만 가라. 또 보자."

"형, 고마워요."

본격적인 작업

 재석과 민성은 그날 재석이네 집에 앉아 머리를 싸맸다. 대본을 써야 하기 때문이다.
 "야, 이거 어떻게 써야 되냐?"
 "나도 영화 시나리오는 한 번도 안 써 봤는데……. 아참! 이건 영화 시나리오가 아니지? 그럼 말이야, 우리 일단 다큐멘터리 상 받은 거 한번 보자."
 "응. 그래."
 지난 대회에서 고등학생들이 상 받은 작품들을 인터넷을 뒤져 찾아보았다.
 "야, 인터넷 없었으면 옛날에는 이런 걸 어떻게 봤을까?"

"옛날에는 못 보지. 인터넷이 정말 효자야."

"맞아, 맞아. 대박이야."

둘은 주로 인터넷 동영상을 찾아보았다. 대개 자막과 내레이션이 있었고, 리포터가 나와서 설명했다. 방식은 제각각 조금씩 달랐다. 내레이션만으로 끌고 가는 다큐멘터리도 있었고, 아니면 리포터가 나와서 무엇에 대해서 알아보겠다는 방식도 있었다. 몇 편을 보자 이내 감이 잡히는 재석이었다.

"알겠다. 그럼 우리는 향금이가 있으니까 향금이한테 리포팅을 하라고 그러자. 그리고 다른 아이들에게 이것저것 청소년 성 문제에 대해 묻고 인터뷰를 좀 따 보자고. 그리고 은지의 삶을 추적하고 은지 인터뷰까지 더해서 문제점을 추적해 보는 게 좋겠어."

"근데 문제가 너무 많은데?"

"문제가 뭐가 많아?"

"야, 학교가 문제인지, 부모가 문제인지, 청소년의 피임이 문제인지, 아니면 임신한 게 문제인지, 이게 종잡을 수가 없잖아. 문제를 하나로 잡아야지."

"그럼 주된 문제를 하나로 정하고 나머지 문제는 따로 보충 설명하는 방식으로 하는 건 어때?"

"그게 좋겠다."

"그래, 그럼 그렇게 한번 해 보자."

그렇게 해서 재석과 민성은 간단하게나마 시놉시스라고 불리는 개요를 써 내려갔다. 짧은 다큐멘터리인데도 시놉을 짜고 콘티를 짜는 게 보통 일이 아니었다. 민성과 함께 끙끙대며 개요를 짰다. 가장 중요한 건 주제였다. 주제를 정하는 일 역시 쉽지 않았다. 논의가 거듭되었다.

"외국의 경우는 미혼모도 다 보호해 주고 그런다잖아, 권 선생님 말씀에 따르면 말이야. 저번에 얘기했던 거 그걸로 가자."

"뭔데?"

"권 선생님이 말했잖아. 이건 관점의 차이라고."

"아, 관점의 차이! 그거 좋다."

"좋아, 일단 제목도 관점의 차이로 정하자."

"청소년 임신은 숨기고 감출 일이 아니라 보는 시각에 따라서 보호해 주고 지켜 주어야 할 일로 우리가 해석을 하자는 거지. 예를 들어 어느 코미디언이 말했는데, 목사님에게 학생이 '목사님! 기도하다가 담배를 피우면 좋은 건가요, 나쁜 건가요?' 이렇게 물었대. 그랬더니 목사님이 '그건 안 되지!' 그러더래."

"그렇지."

"그래서 학생이 다시 물었대. 그럼, 담배를 피우다가 기도하면요?"

"그랬더니?"

"그건 좋지, 그러더래. 목사님이……."

"푸하하하!"

관점의 차이란 정말 놀라운 것이었다. 이런 식으로 접근하는 것이 가장 올바른 것 같기도 했다.

"알았어. 그럼 우리의 시각에 따라 청소년 임신은 죄악이 될 수도 있지만 그렇지 않을 수도 있다는 방식으로 접근하자."

그렇게 정하고 나자 이야기가 술술 풀렸다. 재석은 닥치는 대로 브레인스토밍을 했다. 하고 싶은 이야기를 일단 마구 적어 두었다. 그러면서 그것을 연결해 마인드맵을 만들었다. 마인드맵을 만들며 토론을 하기 시작하자 가닥이 잡히고 생각이 보강되었다.

"이제 이거 가지고 보담이랑 향금이랑 또 회의를 해 보자."
"그래. 그러면 좀 더 좋은 아이디어가 나올 거야."

민성이 돌아간 뒤 재석은 이불을 덮고 누운 뒤 생각했다. 한 편의 글을 쓴다는 게 이렇게 많은 생각과 깊이 있는 사고를 요구한다는 사실을. 전혀 새로운 분야의 작업이었지만 재석은 자기 안에서 뜨거운 열정이 샘솟는 것을 느꼈다. 다큐멘터리에서 상금을 받는 것은 이미 중요한 일이 아니었다. 자기 안에 이렇게 숨겨진 열정이 있고, 서툴지만 목적을 향해 방향을 찾아가고 있다는 사실이 신기하고 놀라울 따름이었다.

창밖을 내다보던 재석이 크게 외쳤다.
"으아!"

온 우주가 자신의 외침을 듣고 반응했으면 하는 마음이 간절했다.

며칠 뒤 은지의 원룸에 아이들이 다시 모였다. 삼각대를 받쳐 놓고 민성은 원룸 한쪽 구석에 서서 은지가 들어오기를 기다렸다. 슬레이트 대용으로 만든 노트북 화면을 들고 향금이 카메라 앞에 나타나 웃으며 말했다.

"씬 넘버 원! 테이크 원! 은지의 방!"

향금이 소리치고 빠지자, 카메라가 돌았다. 이윽고 화면 가득 빈 공간만 보이다가 은지가 1, 2초 뒤 걸어 들어와 가스레인지 불을 켜고 부른 배를 받쳐 안고 라면을 끓이기 시작했다. 하지만 가스불이 잘 점화되지 않았다. 여러 번 스위치를 돌려도 불이 켜지지 않았다.

"커트!"

민성이 커트를 외치고 나섰다.

"왜 가스불이 안 켜지는 거지?"

"몰라, 좀 긴장해서 그런 거 같아."

은지가 머쓱한 얼굴로 대답했다. 지켜보던 재석이 다가가 불을 켜 보았다. 가스레인지는 아무 문제없이 잘 켜졌다.

"잘 켜지는데?"

"은지야, 꽉 눌러. 그러면 켜져."

보담이 손동작을 하며 말했다.

"알았어. 해 볼게."

아이들이 카메라 뒤로 빠지자 민성이 다시 외쳤다.

"자, 모두 조용히! 스탠바이!"

재빨리 향금이는 들고 있는 노트북의 화면 숫자를 바꾸어 다시 촬영한다는 것을 표시했다.

"씬 넘버 원! 테이크 투! 은지의 방!"

빈 공간으로 몸을 피했던 은지가 다시 들어와서 성공적으로 가스레인지에 불을 켜고, 라면 물을 올렸다. 그러고 나서 다시 화면에서 빠져나가 창문 쪽으로 비켰다.

"커트!"

"아주 좋아! 그다음에는 뭘 찍지?"

재석이 쓴 스크립트를 보며 민성은 감독이라도 된 것처럼 무엇을 찍을까 생각했다. 아이들은 카메라 쪽에 모여 머리를 맞대고 액정을 통해 잘 찍혔는지를 확인했다. 화면 속 은지는 무난하게 들어왔다가 사라졌다.

"그런데 하나 궁금한 게 있어."

보담이 물었다.

"뭔데?"

"왜 은지부터 찍지 않아? 왜 빈 공간에 들어와서 라면을 끓이고 빠지는 거야?"

"그게 말이야. 첫 번째 법칙인데, 주인공의 심정을 잘 보여 주려면 카메라가 정적이어야 해. 자, 맨 처음에 고정된 화면으로 은지가 들어왔다가 다시 나가잖아. 이러면 이 장면을 보는 사람들이 안정적으로 몰입하게 되거든. 물론 카메라를 움직였다가 멈춘 뒤에 빠져나갈 수도 있고, 정적인 데서 시작해서 움직임으로 마무리할 수도 있지만 지금 나는 이 좁은 방에서 고즈넉하게 은지가 혼자 라면을 끓여 먹는다는 걸 보여주려는 의도를 갖고 찍는 거거든. 그래야 사람들이 '아, 여고생 혼자 라면을 끓여 먹고 있으니 외롭겠구나.' 느끼는 거지. 거기다 재석이가 쓴 멘트가 이거잖아. 재석아, 대본 좀 보여 줘 봐."

"응, 이거야."

재석이 손에 든 대본을 읽었다.

> 아무도 없는 학원가 원룸에서 은지는 혼자 지내고 있다.
> 그녀의 끼니는 주로 라면이다.
> 임신 9개월의 몸에는 부족한 음식이지만 어쩔 수가 없다.

"이게 내레이션으로 깔리는 거야. 향금이가 한번 읽어 봐."

향금이가 목소리를 다듬더니 읽어 내려갔다. 그래도 연예인을 꿈꾸는 향금이여서인지 목소리가 낭랑했다. 다 듣고 난 뒤 아이들은 고개를 끄덕였다. 민성이 만족한 얼굴로 말했다.

"이건 어차피 나중에 편집해서 더빙할 거지만 향금이 너도 이 상황을 알아야 나중에 더빙을 할 때 진정성 있게 할 수 있는 거야."

"알았어. 그런 건 걱정하지 마."

"그럼 다음 장면은 은지가 나가는 걸로 해 보자. 대본은 어디 있지?"

"응. 대본 여기 있어."

향금이가 재빨리 자기가 들고 있던 대본을 내밀었다. 재석이와 보담이, 그리고 향금이는 각자 대본을 하나씩 들고 있었다. 이 대본을 쓰는 것도 정말 보통 힘든 일이 아니었다.

구성작가 재석

재석이 대본을 쓰기로 결정한 뒤, 민성이 어느 날 책 몇 권을 건넸다.

"재석아, 이것 좀 읽어 봐."

"뭐냐?"

《다큐멘터리 입문》,《동영상 촬영법》,《영화를 찍는 젊은이》같은 제목을 단 영상 관련 서적들이었다.

"이게 뭐야?"

"내가 공부한 책이야. 너도 보면 대본 작성에 도움이 될 거야."

"공부? 야, 네가 공부를? 으하하하!"

재석이 자지러지게 웃었다.

"웃지 마, 인마. 촬영감독은 그냥 되는 줄 아냐? 내가 이런 걸 공부했기 때문에 지금 감독을 꿈꾸는 거야. 너도 대본을 쓰려면 이런 걸 좀 미리 알아야 돼."

"민성아, 네가 공부를 한다면 다들 웃을 거다. 크크."

"이 자식이 사람 무시하네? 어디 한번 봐라?"

재석은 민성이의 말을 듣고 책을 펼쳐 보았다. 놀랍게도 책 곳곳에는 밑줄을 쳐 가며 공부한 흔적이 있었다. 떠들어보니 책에는 사진도 많이 섞여 있었다. 뭔가 읽고 공부해 보고 싶다는 생각이 드는 책이었다.

"어? 재미있겠는데?"

"읽어 봐. 나는 다 읽었어. 이걸 읽어야 대화가 될 거 아니냐?"

민성이가 으쓱거리며 자기 자리로 돌아갔.

글을 쓰기 시작한 이후 재석은 사실 책 읽기를 계속 시도했다. 보담이나 향금이가 재미있다는 책을 먼저 읽었다. 그리고 가끔은 서점에 가서 신간이 뭐가 나왔나 살피기도 하고 학교 도서관에서 책을 대출해 읽기도 했다.

그런데 이렇게 목적을 갖고 뭔가를 하기 위해 책을 읽는 것은 이번이 처음이었다. 가장 먼저 손에 잡은 책은 《다큐멘터리 입문》이었다. 자세히 살펴보니 이 책은 다큐멘터리를 찍는 사람이라면 반드시 읽어야 할 정석과도 같은 책이었다. 민성이 밑줄 쳐 놓고 공부한 것을 보니 과연 그걸 다 이해했는지 의구심이 들었지만 확인할 길이 없었다.

그런데 그 가운데 한 줄을 발견하고 재석은 온몸이 얼어붙는 듯했다.

> 모든 영화는 다큐멘터리다. 제아무리 별난 극영화도 그것이 생산된 문화적 배경의 증거이며 그 문화 안에서 활동하는 사람들이 지니고 있는 유사성을 재생산해 낸다. 사실상 두 종류 이상의 영화가 있다고 하겠다. 즉 소망 성취로서의 다큐멘터리와 사회적 재연으로서의 다큐멘터리가 존재한다. 두 유형 모두 스토리를 갖고 있지만 그 스토리 또는 서사의 종류가 다른 것이다.

그 대목에 재석의 시선은 붙들려 더 이상 나아가지 않았다. 그랬다. 자기가 쓰려는 소설이나 동화 역시도 현실 사회의 반영이었다. 우주인의 이야기나 외계인의 이야기를 쓰는 것이 아니라, 자기 주위의 학생들과 청소년들의 이야기였다. 그렇다면 그 역시 크게 보면 다큐멘터리인 셈이다.

그런데 '소망 성취의 다큐멘터리'라는 말이 어려웠다.

'소망 성취가 뭐지? 뭘 두고 소망 성취라고 하나?'

곰곰이 생각해 보았다. 생각을 하다 보니 그것도 곧 이해할 수 있었다. 모든 글의 주제가 소망, 그리고 성취인 것 같았다. 자신이 주장하는 것, 원하는 것을 쓰는 것이 글이듯, 그것을 영상으로 찍으면 그게 바로 다큐멘터리고 그로써 감동을 전하는 것이라는 생각이 들었기 때문이다. 그 순간 재석은 다큐멘터리의 세계에 깊이 빠져드는 자신을 발견할 수밖에 없었다. 그 뒤 한참을 눈도 떼지 않고 책을 들여다봤다. 쓱쓱 책장을 넘기면서 사진 자료만 봐도 공부가 되는 것 같았다. 청년들끼리 모여 영화를 찍은 이야기도 있었고 동영상과 영화를 간단하게 찍는 법도 다 소개가 되어 있었다. 그건 미지의 세계였다.

며칠 동안 재석은 영화와 다큐멘터리에 젖어 있었다. 고등학생인 재석이 쉽게 이해하기 어려운 내용도 있었지만, 이해가 되는 부분만 읽고 넘어갔다. 자신은 감독이 될 게 아니기 때문에 대본 쓰는 데 필요한 정보만 얻으면 되었다.

가장 큰 소득은 실제적으로 영화를 찍을 때 대본이 두 가지로 나뉜다는 사실을 알게 된 것이다. 촬영 대본이 있어야 제대로 영화를 찍을 수 있다. 촬영 대본은 무엇을 찍을 것인지, 어떻게 찍을 것인지에 관한 리스트였다. 대본을 보니 각 장면마다 번호가 붙고, 형식을 구분한 뒤, 어떤 비디오와 오디오가 들어가야 하는지가 적혀 있었다. 재석은 컴퓨터로 비슷하게 도표를 만든 뒤 칸마다 번호를 붙였다. 컴퓨터는 무척 유용했다. 칸 안에 글을 써 넣으면 아무리 많은 글을 써도 알아서 칸이 늘어나기 때문이다. 이는 글 쓰는 것과도 비슷했다.

며칠 뒤 민성이 와서 물었다.

"대본 잘되어 가나?"

"응, 근데 고민이야."

"뭔데?"

"이것도 소설처럼 발단, 전개, 위기, 절정, 결말로 써야 되는 건가?"

"글쎄? 있는 그대로 찍는 다큐멘터리인데, 그게 가능할까?"

"아니면 찍어 놓고 나중에 그렇게 구성하는 게 맞는 건가? 만들어 놓고 찍는 게 맞는 거 아닌가?"

"글쎄, 모르겠어. 둘 다가 아닐까?"

"너 감독 되겠다는 놈이 그런 것도 모르냐?"

"찍다 보면 꼭 대본대로만 되는 건 아니잖아. 감독은 말이야, 작가이기도 해. 현장에 가서 수정할 수 있어야 한다고. 자, 모터보트를 타고 섬으로 간다고 했는데, 막상 현장에 가 보니 어선밖에 없으면 어선을 타고 간다고 대본을 고쳐야 되지 않겠냐?"

듣고 보니 그 말도 일리가 있었다. 재석은 카메라감독에게도 글쓰기 능력이 무척 필요하다는 것을 알게 되었다.

"민성이 너도 글 쓰는 거 연구해야겠네."

"야야, 나는 일단 카메라도 다 못 뗐어. 글은 무슨 글이야. 나중에 배워도 돼."

"이런 자식이……."

그 말도 맞는 말이었다. 재석은 더 이상 뭐라고 하지 않고 자신의 생각을 말했다.

"하여튼 대본은 이렇게 썼어. 맨 처음에는 은지가 외롭다는 것을 부각시키고, 왜 외롭게 되었는지 인터뷰를 하고, 그 인터뷰 내용을 통해 은지가 임신을 했다는 사실을 알려 주는 거야. 이게 발단이 되는 거지."

"응, 괜찮아. 여자애 혼자서 임신을 해서 외롭게 살고 있다는 게 충격적이겠어. 음, 이게 발단이니까 그다음에는 은지가 임신을 하게 된 경위 같은 걸 알고 싶지 않을까? 그걸 전개로 하면 어때?"

"그렇지? 그럼 이제 은지에게 인터뷰를 하고 나서 은지가 다니던 학교, 은지가 살던 집, 혹은 다니던 학원 이런 걸 보여 주는 거야. 평범한 여학생이었는데 이렇게 해서 갑자기 임신을 했다, 이런 거지. 병규 녀석 얼굴은 모자이크로 처리하고."

"응, 그다음에는?"

"점점 위기를 고조시키는 거야. 그리고 보호시설에 갔었다고 했잖아. 보호시설도 가서 찍자고. 거기 있었는데 도망쳐 나온 사연도 인터뷰로 보여 주고. 또 탈출했을 때 보담이랑 향금이 걔네가 구해 줬잖아. 걔네들 인터뷰도 따는 게 어때?"

"그래, 아주 좋아."

민성이가 고개를 끄덕였다. 하지만 재석은 그런 민성이가 영 못미더웠다.

"괜찮겠냐? 정말?"

"그래. 그대로 찍으면 돼. 나는 그림이 쫙 머리에 떠오른다."

"좋아, 한번 해 볼게."

그 뒤 며칠에 걸쳐 재석은 대본을 썼다. 일단 최대한 간단하게 쓰려고 했는데, 하다 보니 제법 양이 늘어나고 말았다.

"그런데 이걸 글로 읽으려니 어렵다, 야."

"대본 대신 스토리보드가 나오면 좋겠는데. 그걸 보면 콘티까지 딱 보이니까 좋은데."

"콘티? 그게 뭐야?"

"만화처럼 화면이 어떻게 흘러가는지 미리 그림으로 보여 주는 게 콘티야."

"그래? 나 그림 잘 못 그리는데."

"나도 마찬가지야. 그럼 누가 그림을 잘 그리지?"

"아, 옛날에 보담이가 미술대회 나가서 상 받았다고 들은 것 같아."

"보담이는 정말 못하는 게 없구나. 그럼 보담이 시키자."

"오케이. 그런데 공부하느라 바쁠 텐데 한다고 할까?"

"일단 물어나 보는 거지, 뭐."

둘은 보담을 만나 콘티를 짜 달라고 부탁했다. 이야기를 들은 보담은 씩 웃었다.

"콘티 그거 별거 아니잖아. 이렇게 그리면 되는 거 아니니?"

보담은 노트에다가 쓱쓱 줄을 그어 칸을 만들더니 촬영 대본을 보고 그 안에 하나씩 하나씩 그림을 그리며 대사를 넣었다.

"자, 여기 은지가 이렇게 싱크대에 서 있고. 자, 이게 첫 번째. 두 번째는 창문 쪽으로 비켜서는 것. 이렇게 은지가 작게 서 있고…… 이렇게……."

재석과 민성은 입이 딱 벌어졌다. 더 이상 바랄 게 없을 정도였다.

"우와, 너 그림 되게 잘 그린다. 야, 이렇게 예쁘게 그릴 필요는 없어. 그냥 사람이란 것만 알아볼 수 있으면 돼."

"알았어. 그럼 재석아, 대본 이리 줘 봐. 내가 그려 줄게. 공부하다가 심심하면 그림을 끼적끼적 그리곤 하거든. 조금씩 그려서 만들어 줄게."

"오케이! 이거 우리 프로덕션 차려도 되겠다."

민성이는 신나서 함성을 질렀다. 재석이도 정말 그런 생각이 들었다.

헤어질 때 보담에게 말했다.

"보담아, 혹시 내 대본 중에 이상한 거 있으면 고쳐도 돼."

"아니야. 고치긴 뭘. 네가 열심히 썼는데."

"아니, 그래도 여자 입장에서 보면 내가 잘못한 게 있을 수 있어. 책을 보니까 다큐멘터리 작가나 다큐멘터리 감독은 비판을 감사히 여겨야 된대. 비판을 받아들이고 고칠 수 있을 때 더 좋은 작품이 나온다는 거야. 내 생각에도 그게 맞는 것 같아."

"그럼 재석아, 김태호 선생님께 한번 보여 드려봐."

"그럴까? 알았어. 내가 물어볼게."

다음 날 재석은 김태호 선생에게 찾아갔다. 김태호 선생은 문예반 교실에서 아이들이 쓴 작품을 읽고 있었다. 재석은 조심스럽게 입을 열었다.

"선생님, 저 드릴 말씀이 있습니다."

"뭔데?"

"제 글 좀 봐 주세요."

"그래? 야, 듣던 중 반가운 소리네? 무슨 글인데? 네 글이라면 언제든 환영이지."

재석은 그에게 대본을 내밀었다.

"이게 뭐냐?"

"다큐멘터리 대본이에요."

"다큐멘터리 대본? 야, 이게 다 웬일이야?"

김태호 선생은 정말 반가워했다. 그는 임시로 학교에 1년만 있기로 했는데 열화와 같은 인기와 성실성으로 계속 학교에 남아 있을 수 있게 되었다. 김태호 선생이 학교에 온 후 재석이네 학교 아이들은 백일장이나 글짓기 대회에 나가서 상을 휩쓸어 오고 있었다. 문예부 아이들은 그렇게 자신들의 꿈을 자연스럽게 펼치며 학교에서 인정을 받고 있었다. 재석 역시도 몇 번 백일장 대회에 나가긴 했지만 기초 실력이 없고 아직 글재주가 일천한지라 이렇다 할 성과를 내지는 못했다. 아니 정확하게 말하면 재석의 개성이 너무 강해 일반 글짓기나 백일장 대회의 심사위원 눈에 들지 않았다.

"그래, 내가 한번 읽어 보고 검토해 줄게. 내용이 뭐냐?"

"예. 지난번 미혼모가 된 친구 얘기……. 그 내용으로……."

"그래? 자식, 소재는 잘 잡았네? 그거 아주 좋아. 안 그래도 요즘 청소년 성 문제가 심각하다는데, 너희가 다큐멘터리만 잘 만들면 대박이겠다. 내가 읽어 보고 의견 주마."

김태호 선생은 중요한 몇 가지를 지적했다. 그가 보내 온 메모에는 다음과 같은 내용이 적혀 있었다.

1. 메시지를 분명하게 해야 한다.

글이건 말이건 삶이건 메시지가 있어야 돼. 네가 쓴 대본은 지금 미혼모가 불쌍하다는 건지, 미혼모를 돕자는 건지, 미혼모 문제를 해결하자는 건지, 그 부분이 조금 모호하다. 그러니까 가장 중요한 주제를 하나 정해서 메시지를 던지고 나머지는 부차적인 것으로 하면 좋겠어.

2. 너무 산만하다.

쓸데없는 곁가지는 쳐내라. 은지가 주인공이고 은지의 입을 통해 이야기하는 것이기 때문에 관련 인터뷰는 조금만 넣고 결국 은지가 느낀 것, 은지의 호소를 잘 담아야 사람들이 이걸 보고 뭔가를 바꿔야겠다는 생각을 하겠지? 굳이 모든 걸 너희가 떠먹여 줄 필요는 없다. 군더더기를 꼭 날려라.

3. 자료가 빈약하다.
미혼모에 관련된 법규라든가 제도, 이런 것들을 더 연구해서 전문적인 식견을 제시해야 돼. 한마디로 너희들이 공부한 것들 중에 에센스만 뽑아서 그 다큐멘터리에 담아야 한다. 공부를 많이 하고 노력해야 한다.

이것만 개선하면 좋은 작품이 나오겠다. 재석아, 파이팅.

김태호 선생의 지령이 기어가는 듯한 글씨였지만 재석에게는 큰 도움이 되었다. 자신의 대본에서 어느 부분이 곁가지인지를 김태호 선생은 밑줄 쳐 주고 옆에다 빨간 펜으로 의견까지 달아 주었기 때문이다.
물론 그 대본을 바탕으로 이렇게 저렇게 촬영 방향에 대해 의견을 냈을 때 민성과 갈등이 아주 없었던 건 아니었다.

쏜살같이 흐르는 시간

"야, 우리 향금이, 보담이, 은지 이런 애들이 같이 친하게 노는 모습 같은 것도 찍어야 하지 않겠냐? 발랄한 여고생이 환하게 웃는 장면? 나 이거 멋있게 찍으려고 구상 다 해 놨단 말이야. 공원에 가서……."

민성이 재석의 대본을 보고 의견을 냈다.

"아냐, 빼. 그거 군더더기잖아. 그거 없어도 되잖아. 그리고 지금 은지가 그렇게 놀 분위기가 아니잖아."

"무슨 소리야! 들어가야지. 발랄한 여고생이 좌절하는 걸 대조적으로 보여 주잔 말이야, 내가 감독이잖아."

"난 대본작가야, 인마. 작가 말을 무시하냐?"

"너는 감독 말 무시하냐?"

"글쎄, 무시 안 하는데, 협의를 해야 할 것 아니야, 협의를. 그럼 저기 향금이한테 물어봐. 어떤가."

재석과 민성의 논쟁은 결국 다른 아이들에게 의견을 물어 결정하는 것으로 결론이 났다. 향금이는 앞뒤 재지도 않고 대뜸 좋다고 했다.

"그래, 우리끼리 발랄하게 노는 장면 넣자. 다정하고 행복해 보이잖아. 예쁜 옷 입고 나가서 찍으면 정말 좋겠다."

그러나 보담이는 생각이 달랐다.

"아니야. 재석이 말이 맞는 것 같아. 이건 심각한 주제잖아. 발랄하게 웃고 떠드는 것은 주제하고 안 맞는 거 같아. 그렇다고 일부러 암울하게 할 건 없지만, 있는 그대로 보여 줘야지. 지금 은지가 나가서 우리랑 놀 수 있는 여건이 아니잖아. 만일 그렇다면 우리가 드라마 찍는 거나 마찬가지 아니겠어?"

"아, 그런가?"

민성이 고개를 갸우뚱했다.

"맞아. 그리고 지금 굉장히 심각한 주제로 사회에 경종을 울리자는 건데, 그렇게 가볍게 처리할 순 없을 것 같아."

"그래, 알았어. 그럼 이 부분은 빼지, 뭐."

아이들의 의견이 그렇게 몰리자 민성은 입이 쑥 나왔다. 자신의 고집을 어찌지 못하는 거였다. 그게 감독의 성향인지도 몰랐다.

"아, 좀 재미있는 것도 있어야 되는데."

"민성아, 다큐멘터리 성격에 따라야지. 그렇게 재미있는 것만 찾으면 어떻게 하나?"

아이들은 생각나는 대로 이런저런 이야기를 중구난방으로 떠들었다. 가끔은 이야기가 산으로 가기도 했다.

"야야, 정신없어. 무슨 이야기하다 이렇게 된 건지 모르겠어."

"뭘 찍을지 촬영하기 전에 미리 정해 놔야지."

"이렇게 우리가 미리 얘기를 나눠야 실수가 줄어든다고."

"그러면 촬영 계획이 필요하잖아."

그때 촬영 계획에 대해 이야기를 나누던 중에 나온 것이 슬레이트였다. 향금이가 물었다.

"야. 예능프로그램 보면 박수를 짝 치는 거 있던데 우리도 그런 거 하는 거니?"

"아, 슬레이트? 글쎄, 우린 필요 없지 않을까?"

"슬레이트는 왜 하는 건데?"

"아, 같은 장면을 찍고 편집할 때 도움을 받으려고 치는 거야. 딱 치면 여러 대 카메라가 동시에 그 소리를 듣잖아. 그러면 그 시점에 맞춰서 동시에 진행되기 때문에 테이프들을 한꺼번에 돌리면서 필요한 걸 이것저것 따 붙여서 프로그램을 만드는 거야. 근데 우리는 카메라 하나로 찍기 때문에 그럴 필요 없어. 하나로 여기저기 옮겨 가면서 찍기 때문에 여러 번 나눠서 찍을 거야. 그래도 슬레이트는 필요한가?"

"슬레이트, 그거 파는 거니? 그거 불이 번쩍번쩍하고 딱 소리 나는 거?"

"팔기도 하는데 우린 그런 것까지는 필요 없어. 그냥 연습장에다가 샵 표시 하고 1, 2, 3 이렇게 써 가지고 카메라 앞에서 찍어도 돼."

그러자 재석이 아이디어를 냈다.

"노트북 같은 걸로 하면 되잖아. 숫자를 하나씩 써 넣어가지고, 신 넘버 원 투 쓰리 하면 되지."

"그래, 그렇게 해도 돼. 어차피 이게 몇 번째 신, 몇 번째 테이크인지만 알아두면 되거든. 그리고 나중에 좋은 화면이 나오면 감독이 신 번호만 찾아내서 쫙 편집하면 시간 절약이 되지. 필름으로 찍을 때는 그렇게 해야 돈 절약이 된댔어."

"그렇구나. 요즘은 디지털이니까 돈 안 들어서 정말 좋아."

그렇게 해서 슬레이트도 쓰게 되었다. 이 슬레이트를 쓰는 것은 정말 좋은 훈련이 되었다. 조금 번거롭긴 했지만 나중에 편집할 때 민성은 이것이 신의 한 수였다는 사실을 알게 되었다. 번호를 보면서 어떻게 연결해 붙일지를 바로바로 파악할 수 있었기 때문이다. 그리고 편집할 때도 큰 도움이 되었다. 가장 좋았던 장면은 미리 표시를 해 놓았기 때문에 나중에 그것을 찾아 연결할 때 훨씬 시간이 절약되었고, 결과적으로 좋은 작품을 만드는 데도 도움이 되었기 때문이다.

　방 안에서 라면을 끓여 먹는 장면 등 이것저것 다 찍은 뒤, 민성은 아이들의 의견을 받아들여 말했다.
　"오케이, 이제 그러면 장 보러 가거나 바람 쐬러 가는 장면을 하나 찍자. 그리고 공원에 가서 인터뷰를 할 거야. 이제 장소 옮기자."
　"알았어. 알았어."
　어느새 아이들은 모두 스태프가 되어 있었다. 각자 짐을 나르거나 은지를 도와주며 길을 걸었다. 은지가 주인공이니 나머지 아이들은 화면 뒤로 빠져나와 있어야 했다. 엘리베이터에서도 반 이상의 공간은 은지가 썼고, 나머지 반에 아이들이 붙어 있으니 비좁고 답답했지만 숨소리 하나 낼 수 없었다.
　카메라로 은지를 찍는 민성이 뒤에 서서 재석이 대본을 보며 문장을 다듬고 있을 때였다. 재석의 허리로 손이 들어왔다. 고개를 돌리고 보니 보담의 손이었다. 보담의 손이 부드럽게 재석의 허리를 감쌌다. 물론 향금과 민성은 앞에 있었기에 알지 못했다. 갑자기 재석의 가슴이 쿵쾅거리며 뛰었다. 고개를 돌리니 얼굴이 발그레해지며 보담이 미소 지었다. 무슨 뜻인지 알 수는 없었지만, 재석은 가슴이 설렜다. 난생처음 있는 일이었다. 그리고 은지가 엘리베이터에서 내리고 촬영 팀이 따라 나갈 때 뒤에서 보담이 속삭였다.

"재석아, 너 멋있어."

그 말을 듣자 재석은 없던 힘이 솟는 것 같았다. 대본을 쓰고 같이 촬영하는 모습을 보며 열심히 일하는 남자의 매력을 보담이 발견한 것 같았다. 쑥스러운 재석은 간신히 씩 웃어 보였다.

민성은 땀을 흘리면서 은지가 슈퍼마켓으로 장 보러 가는 모습을 열심히 찍었다. 사람들이 힐끗힐끗 쳐다보았지만 상관하지 않았다. 은지는 부른 배를 가리기 위해 긴 코트를 입고 있었다. 걷다가 힘든지 잠시 멈춰 서서 숨을 고른 뒤 다시 걷곤 했다.

"이 장면은 수많은 사람들이 자신의 일상을 열심히 살고 있는데 은지만 혼자 동떨어져서 대낮에 장 보러 가는 장면으로 연출하려고 넣었는데, 괜찮지?"

재석이가 보담이를 보면서 말했다.

"응, 멋있어. 재석이 너 정말 잘해."

"뭐 이 정도 가지고. 히히."

그러자 향금이 옆에서 콧방귀를 뀌었다.

"야, 니들 여기서 연애질이야?"

"이게 무슨 연애질이니?"

"일해, 일! 호호호호!"

"계집애!"

카메라가 멈출 때는 서로 시시덕대기도 하며 아이들은 슈

퍼마켓 촬영도 무사히 마쳤다.

공원에서 찍어야 할 마지막 장면은 인터뷰 신이었다. 향금이가 질문을 하고 은지가 대답하는 형식이었다. 공원 벤치에 마주 앉자, 향금은 마이크를 내밀고 대본을 보며 이것저것 물었다.

"지금 만삭으로 곧 아이를 출산하셔야 하는데요. 심정이 어떠신가요?"

은지가 대답하려고 할 때였다. 민성이 외쳤다.

"컷컷! 다시! 다시!"

"왜?"

"너 리포터 되겠다는 애 맞냐?"

"왜?"

"그게 뭐냐? 교과서 읽냐?"

"교과서라니? 내가 뭐 어떻게 했기에?"

"자연스럽게 좀 물어봐! 대화하듯이……."

"긴장해서 그래."

"긴장을 풀어야지, 그러면. 네가 아무려면 은지만큼 긴장되겠냐?"

"너는? 이따 두고 봐."

향금이 쏘아보았다.

"감독 협박하는 리포터가 어디 있어?"

향금과 민성이 아옹다옹하자 옆에서 재석과 보담은 빙그레

웃고만 있었다.

"사랑싸움은 나중에 하고 빨리 해. 향금이 너 좀 자연스럽게 해 봐."

"알았어."

자기가 봐도 좀 어색했는지 향금이 부르르 소리를 내며 입을 풀었다.

"자! 다시. 레디고!"

"지금 심경이 어떠신가요?"

아까보다 훨씬 나았다. 은지는 고개를 살짝 숙인 채 차분하게 대답했다.

"저는 우리나라에서 태어난 게 정말 원망스러워요. 다른 나라는 다르다던데. 물론 제가 해서는 안 되는 실수를 했지만 사람들은 누구나 실수한다고 생각해요."

말하면서 은지는 눈물을 뚝뚝 흘리기 시작했다. 듣고 있던 네 아이 모두 숙연해지고 말았다. 그러자 향금이 갑자기 대본에 없는 질문을 했다.

"그렇더라도 어떻게든 애는 낳으셔야 되지 않겠어요?"

대본에 없는 질문이었지만 은지는 생각을 많이 했는지 차분하게 답했다.

"네, 이 아기는 나의 생명이에요. 잘 낳아서 잘 키우고 싶은데 걱정이에요. 학교에도 가고 싶거든요."

"네, 우리나라에서는 임신한 여고생을 받아 주지 않잖아요? 어떤 일이 있었죠?"

"점점 배가 불러 오니까 선생님이 나중에 불렀어요. 무슨 일이냐고 해서, 임신했고 아기를 낳고 돌아와서 다시 공부하겠다고 말했더니 선생님이 안 된다고 그랬어요. 평판이 나빠진대요. 학교를 그만두는 게 서로에게 좋대요. 저는 학교를 다니고 싶었는데 자퇴하라고 그러는 거예요."

다시 은지가 눈물을 흘렸다. 보담이 옆에서 말했다.

"아, 은지 힘든 것 같아. 쉬었다 가."

그 말을 들은 민성이 말했다.

"컷! 좀 쉬었다 갑시다."

보담이가 달려가 은지를 끌어안아 주었다. 보담은 눈물을 닦아 주며 말했다.

"은지야, 힘들면 안 해도 돼. 나중에 해도 돼."

한참 울고 난 은지가 말했다.

"아니야, 다 말하니까 후련하기는 해. 속상하기도 하지만. 으으으흑!"

재석과 민성은 돌아서서 저만치로 또 자리를 비켜 주었다.

"여자들은 진짜 수도꼭지야, 수도꼭지. 셋이 같이 우는 거 봐라."

어느새 셋은 같이 끌어안고 울고 있었다.

"그나저나 인터뷰 잘되었냐? 녹음?"

"응, 오케이야."

슬픈 상황에 여자들은 울지만 남자들은 촬영이 잘되었는지 점검하는 것, 이것이 남자와 여자의 영원한 차이점인지도 모른다.

"그런데 이쪽 각도에서 찍는 것보다 저쪽 각도가 더 좋지 않겠냐?"

"어떻게?"

"뒤에서. 벤치 뒤에서 찍으면 외로운 모습이 더 부각될 것 같은데."

"어쭈, 제법인데? 오케이. 있다가 인터뷰 다 끝나면 뒤에 가서도 또 찍자. 뒤에서 찍고 앞에서 찍고 변화를 주는 거야. 그러면 화면이 훨씬 자연스럽겠지? 그렇게 연결하면 돼. 중간중간 변화를 주면서 녹음은 계속 살리고 장면만 그렇게 바꾸는 거지. 그럼 있다가 향금이랑 은지 얼굴도 가까이 다가가서 찍어야 돼."

"그렇구나. 좋아."

그날 공원에서의 촬영은 제법 시간이 걸렸다. 인터뷰는 기본적인 샷으로 땄지만 질문하는 모습은 향금이에게 카메라를 바짝 들이대고 다시 찍었다. 카메라 한 대로 찍느라 시간이 많이 걸렸다. 카메라가 가까이 다가가자 향금이 갑자기 긴장했다.

"야, 긴장하지 마."

"너무 바짝 오지 마. 메이크업도 안 했잖아."

"여고생이 무슨 메이크업이야. 사람들이 웃어."

"야, 잠깐만. 그래도 비비크림이라도 발라야 되는데 말이야."

향금은 돌아서서 뭔가를 꺼내 얼굴에 두들겨 발랐다. 그걸 보며 민성이 어깨를 으쓱했다.

"에휴! 못 말려, 하여간."

그래도 얼굴에 뭘 좀 바르고 입술도 불그스름하게 칠하니 좀 예뻐 보였다.

"자, 다시 가자."

향금은 몇 번의 NG를 낸 뒤 자기의 질문들을 다 녹음해 냈다. 은지의 대답은 여러 번 다시 듣기 어려우니 한두 마디 대답 부분만 다시 따기로 했다. 은지가 괴로워했기 때문이다. 한 컷 찍을 때마다 보담과 향금은 서로 의견을 말하며 은지의 기분이 상하지 않도록 토닥여 주었다. 그때마다 재석과 민성은 스토리보드에 있는 대로 잘 찍고 있는지, 더 수정할 것은 없는지를 계속 생각하며 아이디어를 냈다.

"꼭 촬영 순서대로 찍어야 되는 건 아니잖아?"

민성이 대답했다.

"좋은 아이디어야. 한곳에서 순서하고 상관없이 다 찍어 놓고 나중에 순서만 맞추면 되거든. 그게 편집의 기술 아니겠어?"

"어, 그런 거지? 그럼 헷갈리지 않게 잘해야 되겠다."

"헷갈리면 죽음이지. 그런데 어떤 때는 말이야, 헷갈려서 잘못 넣었는데 그게 더 잘되는 수도 있다."

"그래? 오호."

"그게 바로 신의 한 수야. 찍는 게 문제가 아니라 이거 편집하고 만드는 게 더 골치야."

"그래, 오늘은 은지가 힘든 거 같으니까 그만 들어가자."

"응, 은지 들어가는 장면까지 찍고……."

은지가 들어가는 장면을 뒤에서 따라가며 찍었다. 어느새 시간이 많이 흘러 있었다. 오전에 촬영을 시작했는데 금세 오후를 지나 저녁 해가 뉘엿뉘엿 지고 있었다.

"언제 이렇게 시간이 되었니?"

네 아이 모두 다 놀랐다.

"오? 시간 간 거 봐. 배고프다!"

"우리 가다가 떡볶이라도 사 먹자."

"아니야. 은지네 집에 가서 라면 끓여 먹자. 떡이랑 만두 넣어서."

"오케이. 우리에게는 아지트가 있잖아. 가자, 가자!"

다섯 아이는 호호히히 웃으면서 원룸으로 들어가 라면을 끓여 먹었다. 서로 아무것도 안 넣은 순수한 상태의 라면이 좋다는 둥 파, 마늘을 넣어야 된다는 둥 티격태격하다가 결국은 이것저것 다 넣고 잡탕을 만들어 끓이기로 했다. 누가 말하지 않아도 여자아이들이 나서서 하는 바람에 재석과 민성은 어색하고 민망한 모습으로 떨어져 앉아 대본을 점검하고 편하게 쉬었다.

"야! 남자들이 도와줘야 사랑받는다던데?"

"아이고, 됐네요. 가만히 앉아 있어. 니들이 뭘 할 줄 알아? 우리가 할게."

맛있는 라면이 완성되자 다섯 아이들이 몰려 앉았다. 커다란 냄비에서 라면을 건져 작은 그릇에 담아 먹으니 마치 집들이에라도 온 듯한 기분이었다.

"이거 꼭 어디 신혼살림에 놀러 온 것 같다, 야."

민성이 장난스럽게 말하자 아이들은 모두 킥킥댔다.

"병규만 와서 살림 차리면 우리 여기 와서 만날 노는 거 아니냐?"

"그래, 우리가 조카도 좀 봐 줘야지."

민성이 주책없이 떠들었지만 재석은 아무 말도 하지 않았다. 그런데 은지는 또 해맑게 웃었다.

"호호! 민성이 너무 웃겨."

정말 그렇게 될 수만 있으면 좋겠다는 생각을 하는 것 같았다. 라면을 먹으며 미소를 짓던 은지는 갑자기 현실을 깨달았는지, 불현듯 울음을 터뜨렸다. 순식간에 라면 맛이 확 달아났다.

"너는 또 왜 그런 소리를 해 가지고."

"내가 뭐? 나는 웃으라고 한 얘긴데 울자고 덤비냐?"

은지는 자기 때문에 아이들이 애쓴다는 걸 알았는지 곧바로 눈물을 닦으며 말했다.

"미안해. 내가 괜히 마음이 약해져서……. 아기 낳을 때가 돼서 그런가 봐."

"아니야. 괜찮아. 우리 엄마가 그러는데 임신한 여자들은 다 그렇대."

밥을 먹은 후, 재석과 민성이만 먼저 돌아가기로 했다.

"하루가 이렇게 짧은 적은 처음이다."

"그러게, 나도 그러네. 이거 찍는 거 정말 장난 아니다."

집에 돌아와 재석은 노트를 펼치고 시간에 대한 글을 썼다.

시간

시간은 참으로 상대적이다.

오늘 하루, 나는 두세 시간 만에 하루가 다 간 것 같았다.

왜 그랬을까? 원인은 간단하다. 내가 재미있어 하고 즐거워하는 일을 했기 때문인 것 같다. 재미있고 즐거운 일을 할 때는 시간이 빨리 간다. 영화를 보거나 게임을 할 때가 그렇다. 그러나 재미없고 싫증나는 일을 할 때는 시간이 가지 않는다. 계속 시계를 봐도 시간은 제자리에 있는 것 같다. 시간은 정말 상대적인 것 같다. 아인슈타인이 상대성이론을 만들었다는데 시간이 길어졌다 짧아졌다 하는 걸 보고 생각해 낸 걸까?

그러면 신나게 사는 사람들은 그만큼 삶이 짧게 느껴지는 걸까? 맞는 것 같다. 노인들이 아무것도 하지 않고 하루를 보내는 것을 보면 그들의 시간은 정말 느리게 흐르는 것 같다. 시간을 짧게 느끼며 열정적으로 살아야 할 것 같다. 나에게 가장 즐거운 시간은 언제일까? 이렇게 몰입해서 글을 쓰고 뭔가를 생각할 때다. 이게 적성인 걸까? 내가 원하는 걸까? 공부를 재미있어 하며 시간이 너무 빨리 간다고 아쉬워하는 사람도 있을까? 잘 모르겠다.

노트를 덮고 나서 재석은 문득 떠올랐다. 다큐멘터리 책을 읽을 때도 정말 시간이 잘 가는 것 같았다.

'아, 내가 원하는 것을 쓰고 내가 원하는 것을 찾을 때는 시간이 빨리 가는구나.'

시간에 대해 깊이 있는 생각을 한 건 이번이 처음이었다. 재석은 마지막으로 대본을 한 번 더 점검한 뒤 달콤한 잠에 빠져들었다.

권 선생의 열정

며칠 뒤 민성과 재석은 권 선생을 만났다. 드디어 권 선생에게 인터뷰를 딸 날이 온 것이다. 권 선생은 흔쾌히 응해 주었다.

"어머, 너희들이 다큐멘터리를 찍는다고? 너무 잘됐다. 어쩜 이렇게 아이디어들이 좋니?"

권 선생은 펄쩍펄쩍 뛰었다.

"아, 천만 원 받아 가지고 은지 도와주려고요."

"천만 원이 문제가 아니라 너희 같은 아이들이 이렇게 다큐멘터리를 찍어서 만든다면 세상이 주목할 거 아니니. 정말 잘했어. 내가 뭘 도와줄까?"

"인터뷰 좀 해 주세요."
"그래, 뭐든지 질문만 해."
"자, 그러면 시작하겠습니다."

과거 재석이가 복지관에 와서 봉사하던 시절에 몰래 숨어 담배를 피우던 그 벤치에 권 선생이 앉았다.

"선생님 인터뷰는 그냥 리포터 없이 넣을 거예요. 제가 궁금한 부분은 학교와의 관계예요. 학교가 미혼모를 어떻게 대하는지 정리를 한 번 다시 해 주세요."

카메라가 돌아가자 권 선생은 침착하고 야무지게 이야기를 시작했다.

"청소년이 임신을 하면 학교에서는 휴학을 권합니다. 그렇게 되면 학교를 다니고 싶었던 아이도 어쩔 수 없이 휴학을 하고 결국 자퇴로 이어지지요. 그리고 나중에 검정고시를 치르지 않으면 대학을 진학하기가 어렵습니다. 학생이 임신하면 자퇴해야 한다는 규정은 없습니다. 이유라면 그저 생활지도상 좋지 않다는 것이 전부지요. 다른 학생들에게 안 좋은 영향을 미친다는 겁니다. 그리고 학교의 품위 유지에도 좋지 않다는 것이지요. 그래서 다른 학교로 전학을 가라고도 하는데, 이건 마치 폭탄 돌리기와 마찬가지입니다. 우리나라가 어떤 나라입니까? 인구 부족 국가 아닙니까? 인구가 부족하다며 아이를 낳도록 권장하고 있지 않나요? 그런데 미혼모는 국민이 아닌가요? 오히려 약자이고 부득이하게 사고를 당한 아이들일 수도 있습니다. 그 아이들을 보호해 주어야 하는 게 맞는 거 아닙니까? 같은 동네에 살던 사람이 갑자기 교통사고를 당하거나 장애인이 되면 그 사람을 내쫓습니까? 그건 아니라고 봅니다. 지금 우리는 관점을 바꿔야 할 때가 되었습니다. 학생도 보호해야 하고 그들이 계속 공부해서 사회에 진출하고 건강한 사회인으로 살 수 있게 해 주어야 합니다. 미혼모에게도 공부할 수 있는 권리를 보장해 주어야 합니다. 그게 원칙입니다."

"커트! 아, 선생님 말씀 정말 잘하세요."

카메라 모니터를 보던 민성이 감탄했다.

"괜찮았어?"

"네! 정말 쏙쏙 와 닿아요. 두 번째 질문 드릴게요. 학교가 미혼모에게 왜 중요하죠?"

"좋은 질문이에요. 우리 사회를 보세요. 고등학교 졸업자가 얻을 만한 좋은 직장이 없어요. 요즘은 대부분의 학생이 대학에 진학하지 않습니까? 사실상 대학을 나와도 취직하기가 힘들고 어렵습니다. 만약 대학교를 다니는 상태에서 결혼을 했다면 어떨까요? 그 또한 어렵습니다. 변변한 수입이 없으니 집을 장만하거나 애를 키운다는 건 상상도 못할 일이지요. 그렇다면 고등학교도 졸업하지 못한 여자애는 어떻게 애를 키우겠습니까? 모자보건에도 문제가 생기겠죠. 설령 아르바이트를 해서 아이를 키우고자 한들 그게 가능할까요? 고등학교를 졸업하지 않았기 때문에 좋은 직장, 양질의 직장을 얻을 수가 없어요. 그리고 이보다 더 큰 문제는 미혼모가 되면 어디 물어보고 도움을 요청할 데가 많지 않아요. 설령 학교를 다니게 해 준다고 해도 다른 부모들이 가만히 두지 않는 경우도 많죠. 항의전화가 오고 그러면 학교 입장에서도 곤란하죠. 미혼모 시설에 들어가서 공부를 해도 되지만, 아기가 태어나면 생활을 해야 하기 때문에 애를 키우며 공부한다는 건 사실상 불가능해요. 결국 사회가 나서야 합니다. 그리고 그 사회의 일선에 학교가 있습니다. 학교가 먼저 아이를 보호하고, 그 아이가 학교를 마치고 아이를 잘 키울 수 있도록 지원하는 법안이 빨리 만들어져야 합니다. 그리고 관점을 바꿔야 합니다. 관점이라는 것은 일단 한번 바꾸기만 하면 정말 사물을 전혀 다르게 볼 수 있습니다. 한 번 실수로 미혼모가 될 수도 있지만 사회가 버리지 않고 학교가 그들을 내쫓지 않는다면 그들은 얼마든지 건전한 사회인으로 돌아올 수 있습니다. 이 사회의 바닥으로 떨어지지 않을 것입니다. 우리가 다 같이 논의해 봐야 하는 문제입니다."

선생님은 이야기하면서 가끔은 울컥하는 얼굴이 되었다. 그리고 격앙된 목소리로 말하는 모습을 보며 재석은 내심 놀랐다.

"정말 열정적이세요. 저희들이 참 부끄러워요."
"내가 그랬니?"

인터뷰를 다 끝내자 권 선생 눈가엔 눈물이 맺혀 있었다.

"이 문제는 정말 우리가 빨리 해결해야 돼. 우리 복지관에서도 뭔가를 하려고 하는데 교육계가 정말 보수적이어서 잘 안 돼. 몇몇 경우는 인권위에 진정까지 하고, 학교에 돌아갈 수 있다는 판정을 받았는데도, 학교가 받아 주지를 않아. 펴 보지도 못한 아이들의 날개가 꺾이는 거야."

"그런 것 같아요. 선생님, 고맙습니다. 일 생기면 또 연락드릴게요."

"그래, 아기 낳으면 꼭 내게 연락해. 좋은 방안을 생각해 볼게."

"네, 아직 몇 주간은 걱정 없어요. 은지도 애 낳으면 생각이 달라질 거예요."

"그래, 너희들 수고가 많고 훌륭하다. 처음에 사회봉사 하러 왔을 때는 얘들이 사람이 될까 싶었는데."

"아, 선생님. 왜 그러세요?"

"정말 발전했어. 내가 다시 한 번 느낀다. 사람은 아픔과 고통이 있어야 훌륭해진다는 걸."

"고맙습니다."

"그래, 잘 가!"

권 선생은 복지관 입구까지 재석이와 민성이를 배웅해 주었다. 두 아이는 분에 넘치는 칭찬에 얼굴이 활짝 펴고 어깨가 으쓱해졌다.

"권 선생님은 정말 훌륭하고 대단하신 것 같아."
"정말 그래. 근데 이제 촬영은 감을 확 잡았는데 편집이 문제다."
"편집은 어떻게 하고 있냐?"
"컴퓨터로 옮겨서 하고 있어. 프로그램이 있거든."
"그래? 나 구경하면 안 되냐?"
"당연히 구경해야지. 네가 작가잖아. 와서 봐야지."
"그래, 한번 보자."

두 아이는 편집하는 과정을 보기 위해 민성이네 집으로 갔다. 오랜만에 찾은 민성의 책상 앞에는 큰 모니터가 두 개나 놓여 있었다.

"오? 이건 언제 산 거야?"
"내가 영화감독 된다니까 우리 아버지가 편집할 때는 화면이 좋아야 된다고 큰 걸로 사 주셨어."
"으아! 이거 대단하다."
"프로그램도 깔아 놨다는 거 아니냐? 자, 이거 봐."

프로그램을 클릭하고 영상을 불러오자 편집할 수 있는 각종 도구가 보였다.

"이걸 잘라 가지고 이리 붙이는 거야. 여길 클릭하고 이쪽으로 옮기면 따 붙일 수 있어. 얼마든지 자유자재로 되지."
"오, 멋진데?"
"그리고 오디오도 넣는 거야."

"어디, 지금까지 한 것 좀 보여 줘 봐."

"지금까지 된 건 이거야. 자, 첫 장면에서 이렇게 해 가지고 두 번째 장면으로 넘어가고 인터뷰가 나오고 그다음에 바로 또 이런 인터뷰가 붙고……."

화면을 보며 민성이는 편집되어 있는 장면을 능수능란하게 보여 주었다.

"나중에 자막이랑 타이틀도 다 넣을 거야."

"우와, 민성이, 너 대박이다. 자식이 언제부터 이런 재주가 있었지?"

"야, 인마. 너는 나를 너무 무시하는 경향이 있는 것 같아."

"무시는! 정말 멋지다."

"그런데 문제가 좀 있어. 너의 도움이 필요해."

"뭔데?"

"시간을 맞추고 하려면 좀 분량을 잘라 내야 할 것 같거든. 필요 없는 걸 말이야. 그런데 어떤 걸 잘라야 할지를 모르겠어. 이래서 대본작가와 감독이 같이 편집을 해야 하는구나 싶더라니까. 화면에 글 쓰는 사람의 의도가 들어가니까."

"그래, 가만 있어 봐. 내가 봐 줄게. 음, 요 대목은……."

녹화된 장면을 집중해서 보던 재석이 말했다.

"이건 거의 같은 말이니까 빼도 되지 않을까?"

"그래? 잘라 볼게."

마우스를 이리저리 옮기면서 민성은 동영상을 잘랐다.

"어때? 제대로 줄었어?"

"어, 좋아. 깔끔하다. 그런데 정말 잘라도 돼?"

"그럼! 같은 말인데 압축해도 돼."

"오~ 재석이 너도 잘하는데?"

"잘하긴……. 김태호 선생님이 만날 압축하라고 잔소리를 많이 하더라. 간결한 게 가장 좋은 글이라고. 그래서 아까워도 잘라 내는 경험을 내가 많이 했다는 거 아니냐."

"벌써 작가 다 됐어!"

"그런 거 같지? 히히. 그런데 이거 되게 재밌다."

"재미있지? 이거 때문에 내가 밤새운다는 거 아니냐. 이런 거 편집하면서 재미있어 가지고……. 옛날에 만든 거 보여 줄까?"

"뭔데?"

"패러디 영상."

"보여 줘 봐."

"음악을 보면 코드가 비슷한 게 되게 많거든."

"응? 그래?"

"응. 얼마 전에 아이돌 가수 노래하고 트로트가 비슷하다면서 합성해 놓은 거 봤지? 그거, 만들기 쉬워. 내가 몇 개 만든 거 보여 줄게."

민성이는 유명 아이돌 가수의 노래와 외국 팝송을 짬뽕해서 만든 노래를 보여 주었다.

"으하하하! 아이고, 배야! 이거 네가 만든 거야?"

영상을 다 본 재석이 배꼽을 잡고 웃었다.

"그래. 이걸 이렇게 따서 붙이면 돼. 무지 비슷하지 않냐?"

"완전 대박. 낄낄낄!"

두 아이들은 웃으며 장난을 쳤다.

"유튜브 올려서 조회 수 5만 된 거야, 이게."

"그거 네가 올린 거냐?"

"당연하지."

"민성이 장난 아니다, 너."

"나 나중에 이런 거 다 모아서 포트폴리오로 연극영화과에 낼 거야. 감독이 되려면……."

"진짜 되겠다, 야. 오, 정말 멋있는데?"

"이번에 천만 원만 받잖아? 상금은 은지 주지만, 포트폴리오는 내 것이 되잖아. 내가 다큐멘터리로 상 받았다, 하면 특기자전형으로 대학은 바로 가는 거야."

"그래도 공부를 좀 해야 되지 않냐?"

"나중에 영화학교 KAFA라는 곳에 가서 하면 돼. 우리나라 감독이랑 배우들 가운데 이 학교 출신들 되게 많아. 사실 공부도 해야 되는데 너도 알다시피 내가 너 때문에 악의 세력과 손을 잡는 바람에 공부를 놓았잖아."

민성은 엉뚱한 이유를 재석에게 돌렸다.

"뭐 나 땜에? 인마! 네가 알아서 나한테 찾아왔잖아."

"글쎄, 내가 너한테 가면 네가 거절했었어야지. 그때."

"이 자식이 정말 죽을라고. 힘없어서 빌빌 싸는 걸 내가 구해 주니까."

"하하하하. 농담이야, 농담."

이렇게 남자들의 유쾌한 수다가 이어질 때였다. 갑자기 전화벨이 울렸다. 향금이였다.

"어? 웬일이야?"

"재석이 같이 있어?"

"응. 찍은 거 같이 편집하고 있어. 왜?"

"빨리 와 봐. 지금 은지가 쓰러졌어."

난데없는 소식이었다.

"뭐? 애 낳는 거 아니야?"

"아, 몰라. 지금 병원으로 가고 있는 중이야."

"알았어. 어느 병원인데?"

"지금 빨리 와야 돼. 지금 우리 아빠가 차 태워 가지고 가고 있어. 너도 빨리 와. 한삼병원으로."

"그래, 알았어."

재석과 민성은 그 자리에서 바로 튀어 나갔다. 대문까지 나가다가 갑자기 민성이 돌아섰다.

"아차! 카메라."

"카메라? 그렇지! 빨리 찍어야지."

민성은 다시 카메라를 챙겨 병원으로 달렸다.

응급실에 간 은지

병원 입구에 도착하자마자 카메라를 켜고 뛰었다.
"야, 다큐멘터리 정신은 이런 거야. 무슨 일이 있든 찍고 봐야 돼."
병원에 도착한 재석은 향금이에게 전화를 걸었다.
"어디야?"
"응급실."
"알았어."
응급실로 두 아이는 뛰었다. 재석이 궁금해서 물었다.
"야. 아기 낳는 건 분만실 아니냐?"
"모르겠어."

응급실로 달려가자 향금이가 링거를 맞고 있는 은지의 곁에 앉아 있다가 두 아이를 맞았다.

"어떻게 된 일이야?"

"은지한테 전화를 했는데 애가 힘이 하나도 없다고 하더라고. 그래서 내가 부랴부랴 가 봤더니 쓰러져 있는 거야."

"애 낳는 거 아니야?"

"아니야. 선생님이 진통은 아니래."

"그러면?"

"영양실조로 인한 빈혈인 것 같대."

"영양실조? 임산부가 잘 먹어야 되는데."

"그러게 말이야."

향금이가 울먹거렸다. 그걸 보니 갑자기 가슴이 아팠다. 이 장면을 찍고 있는 민성의 카메라도 흔들렸다.

"링거 맞고 퇴원하면 잘 먹어야 된대."

"아, 이거 우리 집으로 데려갈 수도 없고. 우리 엄마 식당 밥 먹으면 좋은데."

뒤늦게 보담이도 달려왔다.

"은지 괜찮아?"

"응. 지금 잠들었어. 두세 시간 뒤에 주사 맞고 나서 오늘 하룻밤 자고 내일 퇴원하면 된대."

"놀랐잖아. 애 낳는 줄 알고."

"그러게 말이야."

"안 되겠다. 방법을 강구해야지."

재석이 말했다.

"우리 엄마 반찬이랑 이런 거 좀 내가 얻어다가 냉장고에 넣어 놓을게. 저번에 그렇게 하겠다고 했더니 은지 계집애 고집을 피우더니 라면만 먹은 모양이야."

"우리끼리 은지를 돌보는 건 한계가 있어. 은지 엄마가 이럴 때 와서 도와주면 좋은데."

"그러게 말이야. 어쩜 좋아."

"저번에 전화해 가지고 은지 어디 있냐고 묻기에 난 모른다고 그랬어. 또 잡혀가게 나한테 왔겠느냐고 그랬지. 은지 엄마도 그렇게 생각했는지 더 이상 전화도 안 와. 은지도 자기 엄마한테 절대 말하지 말래. 자기가 애 낳아서 키운대."

"아, 이런 정말. 재석아, 우린 이만 가자."

민성이와 재석은 다시 나왔다.

"병규 새끼한테 가서 담판을 짓자."

"어떻게 담판을 지어?"

"어떻게든 책임져야지. 지금 은지가 저렇게까지 되었는데 말이야."

두 아이는 병원에 보담과 향금을 놔두고 다시 수유리로 향했다.

하지만 병규가 있는 수유리 나이트클럽을 찾아갔더니 분위기가 삼엄했다.

"너희들 뭐야?"

기도들이 꼬나봤다.

"저, 병규 좀 만나려고 왔는데요."

"지금 병규 여기 없어. 빨리 가."

"왜 그러세요? 친구 좀 만나겠다는데."

"꺼지라면 꺼져! 고삐리들이 왜 설쳐, 여기서."

이곳저곳에서 기도들이 어깨에 힘을 준 채 경계하는 것이 보였다.

"왜들 저러지?"

그때 봉고차 두 대가 와서 길가에 차를 대자 갑자기 기도들이 그 차 쪽으로 몰려갔다. 봉고차 문이 열리고 그 안에서 여자와 남자 들이 내리자 기도들은 갑자기 긴장을 풀었다.

"아, 아니잖아. 아씨, 진짜인 줄 알았네."

여자들은 나이트클럽으로 올라가는 손님이었다.

"김병장파는 오는 거야, 안 오는 거야. 죽겠네, 정말. 형님이 오면 박살을 내라고 했으니까, 다들 긴장해! 하여간 조심하라고. 오면 바로 소리치고."

재석과 민성은 그제야 분위기 파악이 됐다. 아마 병규도 지금 어디선가 경계를 서고 있을 것이다.

"오늘은 안 되겠다. 김병장파가 애들이랑 붙으려는 모양이야."

"그래, 오늘은 돌아가자."

돌아오는 버스 안에서 재석과 민성은 말이 없었다. 철없이 주먹을 쓰며 스톤에 있을 때는 이런 결과를 생각지도 못했다. 공부 안 하고 애들 두들겨 패며 돌아다니는 것이 멋있을 뿐이었는데, 결국 행동대원이 되어 이런 데서 패싸움이나 벌이는 신세가 될 뻔했다는 생각이 들자 아찔했다. 지금 카메라를 들고 대본을 쓰며 세상에 뭔가 의미 있는 목소리를 내겠다는 자신들의 입장을 돌이켜보니 이건 상전벽해였다.

"휴!"

한숨을 푹 내쉰 재석은 책을 꺼냈다. 《다큐멘터리 입문》이었다. 어려운 책이었지만 두 번째 읽으니 조금씩 이해가 되는 것 같았다. 재석이가 다시 펼쳐 읽은 대목은 이랬다.

다큐멘터리가 재연을 통해 세상에 개입하는 방식은 변호사가 의뢰인의 이익을 대변하는 방식과 같다. 다큐멘터리는 어떤 증거에 대한 특정한 시각이나 해석에 맞는 사례를 우리에게 제시한다. 이런 의미에서 다큐멘터리는 단순히 스스로를 대변할 수 없는 일들을 재연해 줌으로써 타인의 입장을 대변하는 것이 아니라 보다 적극적으로 주장이나 사례를 제시한다. 다시 말해 다큐멘터리는 어떤 견해에 영향을 미치거나 동의를 얻어 내기 위해서 삶의 본질이 무엇인지 강력히 주장한다.

그대로 와서 꽂히는 내용이었다. 은지의 처지를 통해 미혼모의 문제를 제시하고, 학교에서 적극적으로 받아 주고 관점을 바꾸어 달라고 자신들이 이야기하고 있는 것 아닌가. 공부한 이론대로 한 것은 아니었는데 찍다 보니 어느새 이론대로 가고 있는 묘한 경험을 했다. 재석은 다큐멘터리 하나만 봐도 이런데, 이 세상에 얼마나 많은 사람들이 공부하고 연구한 내용이 가득 차 있을까를 생각했다. 그것을 하나도 모른다는 사실, 지금은 너무 부족하다는 사실, 여러 권의 책을 읽어야 간신히 실마리라도 잡을 수 있다는 사실이 너무 괴로웠다. 자신이 아직 너무 초라한 것 같았다. 하지만 병규처럼 뒷골목을 헤매지 않아도 된다는 사실 또한 감사하게 느껴졌다.

긴박한 출산

 민성이는 마감 날까지 편집을 하느라 진땀을 뺐다. 아예 노트북을 학교에 가져와 쉬는 시간마다 그동안 찍은 다큐멘터리 파일을 편집했다. 그날 마지막 시간은 김태호 선생의 국어 시간이었다.
 "선생님, 저희 오늘까지 마감인데요. 이거 편집이 덜 끝났거든요."
 "그래? 그러면 내 자리에 가서 할래?"
 "선생님, 고맙습니다."
 "체험학습으로 내가 빼 줄게."
 김태호 선생은 흔쾌히 교무실에 있는 자기 책상을 내주었다. 수업을 빼 준 거였다.

"한 시간이면 충분하지?"

"네, 한 시간이면 충분해요. 빨리 보낼게요."

"그래, 그럼 잘 올려라."

보따리를 싸들고, 민성과 재석은 김태호 선생의 자리에 둘이 나란히 앉았다. 노트북을 켜고 화면을 이리저리 붙이며 마지막 대사를 다듬었다. 뒷부분만 좀 다듬고 음악만 좀 정리하면 응모할 수 있는 상태였다.

"그러니까 빨리 빨리 했어야지."

"내가 이거에만 전념할 수가 있냐? 공부도 해야 되고, 야자도 해야 되고, 인마! 나나 되니까 이렇게 한 줄 알아."

두 아이는 수백 번 보았던 동영상 파일을 다시 보며 시간을 맞춰 가며 내용을 압축했다.

"이거 글 쓰는 거하고 똑같잖아."

"내 말이."

"글도 써 놨다가 막판까지 압축을 하고 덜어 내고 그래야 되는데 이것도 마찬가지네."

"자자, 뒷부분에 마지막 장면이 좀 늘어지는 거 같으니 요것만 좀 정리할게. 이 글 좀 줄여 줘 봐."

재석은 향금이의 마지막 내레이션 한 대목을 집중해서 살폈다.

'이처럼 우리나라에서 미혼모의 현실은 어둡고 버겁기만

합니다. 학생들에게 성관계를 자유롭게 하라는 것은 아니지만 이미 벌어진 일을 두고 낙인을 찍어 버리는 것은 결코 우리 사회를 위해서도 바람직하지 않습니다. 청소년들이 단 한 번의 실수로 인해 더 이상 꿈도 꿀 수 없게 되어서는 안 됩니다. 청소년들은 학교로 돌아오고 싶어 합니다. 그들이 다시 사회로 돌아올 수 있는 그날이 어서 오기를 바랍니다.'

집중에 집중을 거듭해 재석은 문장을 잘라 냈다.

"쓸데없는 거 다 날리고, 청소년들은 학교로 돌아오고 싶어 한다는 내용만 담자. 그러면 한 30초 절약돼."

"오케이, 그 정도면 되겠어."

수업이 끝날 무렵, 두 아이는 편집을 마쳤다.

"아, 모르겠다. 이제 눈이 빠질라 그런다. 자, 저장됐지? 이제 이거 보낼 거야."

"그래, 어서 올려라."

"지겹다, 이제."

"이제 천만 원 받을 일만 남았나?"

재석이 민성의 등을 툭 쳤다. 민성의 실력과 재주를 인정한다는 의미였다. 그와 동시에 재석은 글쓰기의 마력을 스스로도 느끼고 있었다. 아무리 지금이 동영상 시대고, 영상이 중요하다지만 글이 없으면 그것을 체계적으로 묶어 내지 못한다는 것을 다시금 깨달았다. 민성은 압축된 파일을 공모전 사이트로 전송했다.

"만세! 끝났다. 교실로 가자."

"그래."

교실로 가려 할 때, 민성의 휴대전화가 울렸다.

"어? 향금이다. 얘도 수업 중일 텐데?"

"받아 봐."

전화를 받자마자 찢어지는 듯한 소리가 들렸다.

"민성아. 민성아! 은지가 진통이 왔대."

"뭐? 뭐라고?"

드디어 올 것이 왔다. 어쩜 이렇게 타이밍이 공교로운지……. 다큐멘터리 파일을 보내자마자 진통이 오다니.

"그래서 어떻게 했어?"

"어떡하긴. 우리 엄마가 지금 걔 데리고 병원으로 갔어. 너도 빨리 와."

"알았어. 내가 재석이랑 갈게. 무슨 병원인데?"

"어, 균성병원이야. 균성병원."

"그래, 알았어. 알았어."

균성병원은 은지가 정기검진을 받으러 가던 종합병원이었다. 담당의사가 여자여서 은지가 마음 편하게 여기던 곳이었다. 재석이 담임선생을 찾아가 말했다.

"선생님, 저 급하게 집안일이 생겨서 좀 다녀와야 할 것 같습니다."

"그래? 거짓말 하는 거 아니지?"

김정일이 웃으며 물었다.

"아, 아니에요. 사실은 은지라고 저번에 모금했던 애 있잖아요?"

"어, 그래."

"그 애가 진통이 왔대요."

"그래, 갔다 와라. 야자는 나중에 하고."

김정일도 이제는 재석이가 마음잡고 공부한다는 것을 알고 있었다. 그리고 솔직하게 말하니까 더 호의적이었다.

민성과 재석은 야자를 받지 않는 아이들과 함께 교문을 나와 택시를 잡아타고 균성병원을 향해 달렸다. 병원으로 달려가는 아기 아빠의 심정이 이럴까 싶었다. 가슴 한쪽이 설레면서, 동시에 무사히 아이를 잘 낳았으면 하는 마음이었다. 어디 마땅히 연락할 데가 없어 재석은 엄마에게 전화를 했다.

"엄마, 은지가 아기를 낳는대요."

"어머, 그래? 어쩜 좋니. 나라도 좀 가 봐야 하는데, 식당에 손님이 너무 많네."

"아냐, 엄마 안 와도 돼. 내가 지금 민성이랑 가고 있어요."

"그래, 알았다. 엄마도 좀 봐서 정리되는 대로 한번 가 볼게."

균성병원 앞에 도착해 택시에서 내린 두 아이는 분만실을 향해 달렸다. 분만 대기실에는 아기가 나오기를 초조하게 기다리는 아버지들이 있었다.

"야, 이거 어떡하지? 이거 은지 엄마한테 알려야 하는 거 아니야?"

"그래, 이제는 은지 엄마한테도 알려야지."

향금이와 보담이도 뒤늦게 달려왔다. 분만실 앞에서 향금이 엄마가 기다리고 있다가 아이들을 맞았다.

"초산이라서 진통이 오래갈 거 같아. 너희들도 너무 마음 급하게 먹지 말고, 느긋하게 기다려."

"괜찮아요? 괜찮아요?"

민성과 재석은 어쩔 줄 몰라 했다. 고등학생이 겪기 힘든 경험이었다. 향금과 보담은 연신 두 손을 맞잡고 발을 동동 굴렀다.

"어쩜 좋아. 어쩜 좋아."

그때 민성이 먼저 정신을 차렸다.

"아, 마감 전에 낳았으면 이것도 찍는 건데……. 할 수 없지, 뭐! 지금이라도 찍어야겠다."

민성은 카메라를 꺼내 분만실 전경 등 이곳저곳을 찍고 돌아다녔다. 재석과 보담과 향금은 밖에 앉아서 의논을 했다.

"엄마한테 연락해야 되는 거 아냐?"

"은지가 연락하지 말래."

"그래?"

"응. 아기 낳은 다음에 만날 거래."

"그럼 그동안 은지 엄마한테 연락 없었니?"

"몰라. 포기했나 봐. 나한테 연락할 줄 알았는데 안 하시더라고. 그냥 될 대로 되라 싶으신가 봐. 지치신 것 같아."

"그래도 아기를 낳는데 와 보셔야 되는 거 아닌가. 에효, 어쨌든 은지는 학교로 돌아가야 되는데."

"그러게 말이야. 학교에도 우리가 얘기를 해 볼게."

"그래, 알았어."

그 사이에 민성이 나왔다.

"우와, 분만 대기실 안에 산모들 누워 있는데, 으, 비명 소리가 장난이 아니야."

"영화에 나오는 거랑 똑같냐?"

"그건 연기잖아. 그런데 여기는 막 진짜 고통 받는 사람들이잖아. 어우, 무서워."

"또 찍었냐?"

"그럼, 내가 안 찍겠냐? 내가 프로 감독님 아니냐. 찍을 건 다 찍었다."

"은지는 어때?"

"은지는 계속 진통에 시달리고 있어. 아마 한참 걸릴 거야."

"그렇구나."

그때 보담이와 향금이 말했다.

"얘들아. 애 아빠는 어떻게 하니? 이제 애 낳는데 있어야 하는 거 아니야?"

맞는 말이었다. 아빠라는 말에 재석은 정신이 번쩍 들었다.

"내가 가서 이 자식 잡아 올게. 쥐어 패서라도 데려올게, 민성이랑. 이제는 정말 못 참겠다."

"조심해."

"걱정하지 마. 내가 데려올 테니까. 은지한테도 병규 데려올 거라고 말해."

"응, 알았어."

재석은 모처럼 몸속의 아드레날린이 끓어오르는 것을 느꼈다. 병규가 저항하면 두들겨 패서라도 끌고 와야겠다고 생각했다. 이렇게 무책임한 녀석은 본 적이 없기 때문이다. 곧 태어날 아기에게 아빠로서 자격미달이 되는 일만큼은 꼭 막고 싶다는 생각이 들었다.

난투극

수유리 나이트클럽 앞에 모습을 나타낸 재석은 병규가 있는 곳을 찾았지만, 병규는 보이지 않았다.
"병규, 어디 있습니까?"
"병규? 저기 수봉나이트에 심부름 갔는데?"
"네."
더 이상 길게 이야기할 것 없었다. 재석은 수봉나이트를 향해 걸어갔다. 수봉나이트는 수유 전철역에서 조금 더 가까운, 두어 건물 옆이었다. 밤이 시작되자 사람들은 나이트클럽의 흥청망청한 분위기 안으로 스며들고 있었다. 삐끼들이 나와 열심히 사람들을 유혹했고, 여러 남녀가 취해서 나이트클럽 안으로 드나드는 것이 보였다. 수봉나이트 앞에 가서 재석은 병규를 찾았다.

"저기 혹시 병규라고?"

"병규? 누군지 모르겠는데?"

그때 민성이 말했다.

"여기 기명이형 다니는 나이트잖아."

"아, 그렇지? 남기명."

"기명, 남기명이라고 있나요?"

"남기명? 남기명이 누구지? 아, 저기 웨이터? 이름이 뭐더라? 아, 맞다! 야, 거기 꽃제비! 누가 찾아왔다."

"네!"

소리 지르고 달려온 것은 기명이 형이었다. 그 사이 기도에서 웨이터로 직종을 바꾼 모양이다.

"형!"

이름표에는 꽃제비라고 쓰여 있었다.

"야, 누구냐아? 재석이하고 민성이 아니냐아. 무슨 일이냐아? 너희들이 또오?"

"형, 병규 좀 찾으려고요. 병규가 여기 왔다면서요."

"응, 아까 왔다가 가긴 했는데에, 너희들 빨리 나가라아."

"형, 병규 지금 큰일 났어요."

"왜? 무슨 일인데에?"

"아, 병규가 임신을 시켜 가지고 은지라는 애가 지금 아기 낳고 있어요. 병규 이 자식이 몇 번이나 말했는데도 모른 척하는 거예요."

"그, 그래?"

기명도 사태가 심각하다는 걸 깨달은 것 같았다. 얼굴이 굳으며 이렇게 말했다.

"사실은 지금 여기 김병장파가 쳐들어온다고 그래서 비상 걸렸어."

당황했는지 길게 늘어뜨리던 말투도 사라졌다.

"네?"

"지금 그놈들이 언제 어디서 쳐들어올지 모른다고 그래서 병규가 연락하고 있는 중이야. 지금 거기 갈 수가 없는데."

"아, 형! 빨리 병규 있는 데 말해 줘요."

"음……. 저쪽에 보면 꿀벌나이트 있어. 거기에 지금 형님들 심부름으로 작전 명령 전달하러 갔어."

"꿀벌나이트요? 아, 알았어요. 가 볼게요."

"근데 너희들 얼쩡거리면 안 된다. 위험하다고."

"빨리 데려가야 돼요. 아기 낳고 있는데 애 아빠가 가야죠."

"형님들이 보내 줄 거 같으냐?"

"저희가 알아서 할게요."

"근데 은지라는 애가 정말 애 낳고 있는 거야?"

"네. 지금 여기서 이러고 있을 때가 아니라고요."

재석은 재빨리 수봉나이트를 나와 꿀벌나이트로 부리나케

달려갔다.

그런데 이미 일은 벌어지고 있었다. 봉고차 몇 대 안에서 쇠파이프와 몽둥이를 든 깡패들이 쏟아져 나와 닥치는 대로 꿀벌나이트의 비품을 두들겨 부수고 있었다. 여기저기서 여자들의 비명 소리가 들렸고 사람들이 피하는 소리가 들렸다.

"병규야! 병규야!"

멱살을 잡고 드잡이하고, 쇠파이프가 난무하는 가운데 재석은 난투극의 현장으로 들어가려 하고 있었다.

"민성아, 너 여기서 망 좀 봐. 병규 좀 꺼내 올게."

"위험해! 들어가지 마. 여기 휘말리면 끝장이야."

"야, 은지가 지금 고통을 받고 있잖아. 이놈 끌고 가야지. 구제불능에 나쁜 놈이지만 애 아빤데 할 수 없잖아!"

꿀벌나이트 안에서 쏟아져 나오는 손님들을 거스르며 재석은 안으로 들어갔다.

"야야, 같이 가. 인마!"

두 아이는 사람들 틈을 헤치고 간신히 나이트클럽 안으로 들어갔다. 나이트클럽 안은 엉망진창이었다. 이곳저곳에서 컵과 유리병이 날아다녔고, 주먹질이 오갔다. 욕설도 난무했다. 어두운 그곳에서 재석은 병규를 찾느라 애를 썼다. 윤곽만이지만 현란하게 발차기를 하는 녀석이 보였다. 병규다.

"저기 있다. 가자!"

공중으로 뛰어오르며 발길질을 하는 병규를 재석이 등 뒤에서 끌어안았다.

"병규야, 빨리 가자."

"놔! 누구야! 놔, 안 놔? 재석이, 너."

"인마! 여기서 이러고 있을 때가 아니야. 은지가 애를 낳고 있어."

"야, 은지가 뭐야! 인마, 난 몰라! 왜 여기까지 와서 이 지랄이야. 이거 안 놔?"

재석은 등 뒤에서 병규를 딱 끌어안고 질질 끌었다. 민성이 앞에서 길을 텄다. 자기들끼리 치열하게 치고받고 싸우느라 아무도 재석이 병규를 끌어안고 빠져나가는 걸 알지 못했다. 계단 입구까지 오자 병규는 재석의 팔을 거칠게 뿌리쳤다.

"야, 새끼야! 놔. 인마, 나 책임질 일 없다니까! 형님들하고 싸워야 돼, 새끼야!"

주먹이 날아와 재석의 왼쪽 관자놀이를 갈겼다. 눈앞에서 불꽃이 번쩍 튀었지만 재석은 애써 참았다.

"야, 이 자식아. 넌 정말 나쁜 새끼야. 네 애가 나온다는데, 지금 여기서 주먹질이나 해야 되겠냐? 이 무책임한 놈아. 아, 정말 열 받네."

"무책임이고 뭐고 필요 없어. 꺼져! 이제 니들 볼 일 없으니까 다신 내 앞에 나타나지 마."

병규는 뒤도 안 돌아보고 나이트클럽 안으로 달려갔다. 그 순간 김병장파의 행동대원이 병규의 뒷통수를 야구방망이로

후려치는 장면이 재석에게 마치 슬로우비디오처럼 보았다.

"병규야!"

그 순간 재석의 눈에서 불똥이 튀었다. 그대로 이단옆차기로 야구방망이를 들고 있는 녀석의 가슴팍을 걷어찼다. 발이 제대로 명치에 꽂히는 것을 재석은 느꼈다. 예상치 못했던 기습에 야구방망이를 휘두른 놈은 그대로 나가떨어져 기절하고 말았다. 재석은 바닥에 떨어진 야구방망이를 들어 위협적으로 휘둘렀다. 달려오려던 김병장과 행동대원은 멈칫하고 말았다. 그 순간 민성이 다시 병규를 질질 끌고 계단 아래 입구 쪽으로 내려가기 시작했다.

"따라오면 죽어, 이 새끼들."

하지만 재석이 감당하기에는 적수가 너무 많았다.

"이 새끼! 넌 뭐야!!"

계단을 뛰어 내려오는 남자들에게 재석은 야구방망이를 휘두른 뒤 그대로 주먹을 날렸다. 먼저 주먹을 날리긴 했지만, 역시 조폭들은 싸움과 주먹에 단련된 자들이었다. 재석에게 사정없이 뭇매가 쏟아졌다.

"민성아, 빨리 병규 끌고 가!!"

양팔을 벌려 계단을 막으며 재석은 쏟아지는 주먹을 온몸으로 견뎌 냈다. 깡패들은 몽둥이며 발길질로 재석을 계단 아래로 굴려 떨어뜨렸다. 재석은 까무룩 정신을 잃었다. 은지의 아기에게 아빠를 만들어 주려던 재석의 노력은 이렇게 허무

하게 끝이 나는 듯했다. 몽둥이에 맞아 정신이 희미해지는데 어디선가 급하게 달려오는 목소리가 들리는 것 같았다.

"재석아! 민성아!"

아스라하게 재석은 정신을 잃었다. 재석은 향긋한 풀밭에 누워 있었다. 옆에는 보담도 같이 있었다. 재석의 팔베개를 베고 누운 보담이 재석의 품에 파고들었다.

"재석아, 사랑해."

"응. 보담아."

보담이의 풍만한 몸을 끌어안자 재석의 몸이 하늘로 떠오르는 것만 같았다. 이 세상에서 가장 행복한 순간이었다. 가슴이 쿵쾅대며 뛰었고 숨이 가빠 왔다. 보담의 입술에 자신의 입술을 갔다 대려는 순간, 뭔가 차가운 감촉에 눈을 떴다.

온통 새하얀 벽과 낯선 커튼이 눈에 들어왔다.

"어, 여기가 어디?"

몸을 일으키려 했지만 꼼짝도 하지 않았다. 아니, 통증이 기다렸다는 듯 온몸에 달려들어 물어뜯었다. 좌우를 둘러보니 의사와 간호사가 다급하게 오가는 모습을 보아 병원 응급실인 것 같았다.

"정신이 드나?"

의사선생님이 재석을 들여다봤다.

"학생, 일어났군. 괜찮아?"

"네. 여, 여기 어디죠?"

"가만히 누워 있어. 지금 전신 타박상에 근육 파열이야."
"네?"

몸을 움직이려 했지만 온몸이 쑤시고, 성한 곳이 하나 없었다. 다행히 부러진 곳은 없는지 극심한 통증이 느껴지는 곳은 없었다.

"여기저기 찢기고 터졌어."

그러고 보니 얼굴에도 반창고가 덕지덕지 붙어 있었다.

"마, 많이 다쳤나요?"

"몇 군데 꿰맸고, 지금 몸에 상처 난 곳들을 처치했어. 타박상에 염좌니까 며칠 누워 있으면 괜찮아."

"네. 민성이는요?"

"너랑 같이 온 친구 말이냐?"

호랑이도 제 말 하면 온다더니 그때 민성이 나타났다.

"야, 나 찾았냐? 여기 있다, 인마."

"어, 어떻게 된 거냐?"

"어떻게 되긴. 자, 봐 봐."

민성이 침대 옆의 커튼을 쓱 걷었다. 재석의 옆 침대에 나란히 누워 있는 녀석은 병규였다. 머리에 허연 붕대를 친친 감고 있었다.

"어, 병규."

병규도 의식이 있는지 재석의 목소리를 듣고 돌아봤다.

"야, 재석이 너 인마, 미친 거 아니냐? 왜 남의 싸움에 끼어

들어 가지고. 아이고, 참 너는 정말 못 말리는 또라이야."

그래도 자기를 구한답시고 재석이 이렇게 정신을 잃도록 맞아 준 것이 고마웠는지 병규의 어투는 무척 부드러워져 있었다.

"야, 이 새끼야! 애 아빠가 자기 애를 외면하니까 그러지, 인마."

"나 애 아빠 아니라니까!"

병규는 끝까지 오리발이었다. 이러니까 개꼬리 10년 묻어 도 황모 안 된다는 말이 나왔지 싶어지는 재석이었다.

"자식이 여기까지 와 가지고……, 정말. 인정할 건 인정해라. 열 받게 하지 말고. 그나저나 은지는 어떻게 됐어? 은지?"

민성이 그제야 깜빡 잊었다는 듯 말했다.

"재석아, 은지 애 낳았어. 아들이야."

"정말? 잘됐다. 무사히 낳은 거야?"

"응. 무사히 낳았어."

그제야 재석은 자신이 어떻게 여기까지 왔나 싶었다. 분명히 나이트클럽에서 정신을 잃었는데, 왜소한 민성이가 두 덩치를 동시에 실어 날랐을 리 없었다.

"야, 내가 어떻게 여기까지 왔냐?"

"말도 마라, 말도 마. 너 봉식이 형 아니었으면 죽었다."

"그래?"

"그때 형이 딱 아이언맨처럼 나타나 가지고……."

깡패들의 패싸움에 끼어들어 정신없이 맞고 계단 아래로 굴러 떨어진 재석을 구해 준 것은 다름 아닌 봉식이었다. 때마침 브랜뉴가 공연을 하러 왔다가 패싸움이 난 것을 보고 대피시키던 중에 재석이 꿀벌나이트로 뛰어드는 모습을 보고 구하러 들어온 거였다.

"이 새끼들! 비켜!"

 봉식은 품에서 가스총을 꺼냈다. 브랜뉴를 보호하기 위해 늘 품에 넣고 다니는 거였다. 방아쇠를 당기자 요란한 폭발음과 함께 가스가 분사되었다.

"탕! 슈우욱!"

 봉식은 계속해서 강력한 최루 가스를 뿜어 댔다. 어깨들은 순간 진짜 총과 흡사하게 생긴 가스총의 외양에 놀라 상체를 숙이고 당황했다. 몇몇은 눈에 가스가 들어가 정신을 차리지 못했다. 그렇게 봉식은 재석과 병규를 구해 냈다. 그럼에도 불구하고 달려드는 조폭 몇 놈은 그대로 발로 걷어차 제압을 했다.

"어서 타라!"

 병규와 재석을 민성이와 함께 길가에 대 놓은 밴에 실은 뒤 냅다 달렸다.

"어머! 어떡해!"

"오빠, 애들 누구예요?"

 브랜뉴 멤버들은 차 안에 남자애 셋이 들어오자 비명을 질렸다. 그 와중에도 민성은 차 안에 향수냄새가 진동하자 황홀경에 빠지려 했다.

"와, 누나들. 영광이에요."

밴이 거칠게 출발하자 모두 한쪽으로 쏠리며 비명을 질러 댔다.

"꺄악!"

이윽고 밴에 속도가 붙자 비로소 봉식이 물었다.

"야, 애들 많이 다쳤냐?"

"재석이는 정신 못 차리고요. 병규는 깨어났어요."

병규도 자기 머리에서 피가 철철 흐르는 걸 보고 상태가 심각하다는 걸 알았는지 끙끙대며 가만히 시트에 몸을 기대고 있었다.

"너희들은 어째 허구한 날 그렇게 주먹질이냐?"

"형, 다 사연이 있다니까요. 지금 빨리 균성병원으로 가 주세요."

"균성병원? 잘됐다. 브랜뉴 다음 공연할 곳이 스타십나이트인데 균성병원 바로 옆이야."

밴은 경적을 울리며 신나게 달렸다. 재석이 아직 정신도 못 차리고 있는데, 민성은 슬그머니 휴대전화를 꺼내 브랜뉴의 리더인 미나에게 들이댔다.

"저, 누나! 제가 영화감독이 꿈인데 사진 한 장만 찍으면 안 돼요?"

"뭐, 인마? 죽을지 살지 모르는데 너는 브랜뉴 사진이나 찍었어?"

재석이가 민성의 이야기를 듣다 주먹을 휘둘렀다.

"야, 그런 찬스가 어디 있냐? 내가 연예인 밴을 타 보고, 그것도 브랜뉴를, 와!"

"그래서 어떻게 되었어?"

"이렇게 인증샷도 찍고 동영상도 찍었다는 사실."

민성은 사진과 동영상 모두를 보여 주었다. 다친 얼굴로 웃느라 재석은 인상을 찌푸릴 수밖에 없었다.

"아이구! 하여간 못 말려."

그렇게 두 아이는 봉식이 덕분에 응급실에 올 수 있었다.

"봉식이 형은 그나저나 어디 갔냐?"

"갔지, 바쁜데. 그리고 제발 주먹질 좀 하지 말라고 하더라."

재석은 봉식이가 생명의 은인이라는 생각이 들었다.

"근데 저 자식, 어쩜 저렇게 비겁할 수가 있냐? 여기 와서까지도 저러고 있어."

"야, 안 그래도 지금 병규가 와 있다고 그러니까 애 낳은 몸으로 은지가 내려오겠다고 난리야. 그래서 지금 향금이랑 보담이가 말리느라 진을 다 빼고 있다."

"정말이야?"

"응. 있다가 나중에 와서 보라고 했어. 그런데 병규 저 자식은 끝까지 아니라는 거야, 지금도. 저 링거만 다 맞으면 간다고 저 지랄이다. 지랄이."

"그래? 나쁜 새끼. 저런 새끼는 아빠 될 자격이 없어."

"내 말이 그 말이야."

밝혀지는 비밀

 한참 뒤였다. 재석이 수면제 때문에 졸려서 비실대고 있을 때 여자아이의 비명 소리가 들렸다.
 "꺅! 누, 누구세요?"
 이어 병규의 절규가 들렸다. 재석이 정신을 차리고 보니 은지가 어느새 보담이, 향금이와 함께 옆 침대의 병규를 보고 있었다.
 "너, 나 알아? 모르잖아."
 아마 병규가 함께 병원에 실려 왔다는 소식을 듣고 재석이 잠든 사이에 은지가 내려온 모양이었다. 그 순간 재석은 병규의 비열함에 이를 갈았다. 몸만 성하면 달려가 주먹으로 턱을 날려 버리고 싶었다.

"야! 이 비겁한 새끼야! 자기 애까지 낳은 사람을 끝까지 모른 척하냐? 이 양아치 같은……."

누운 채로 화가 치밀어 분노의 주먹질을 허공에 날리는 재석의 고함을 제압한 건 은지의 한마디였다.

"이 사람 병규 오빠 아니야."

"뭐, 뭐라구?"

재석과 민성은 자신의 귀를 의심했다. 틀림없는 병규를 앞에 두고 병규가 아니라니.

"무슨 소리야? 얘 병규 맞아. 지금은 없어졌지만 스톤의 짱이었어. 2학년 짱."

그러나 은지는 돌아서서 고개를 저었다.

"아니야. 나 모르는 사람이야."

"뭐라고?"

여자애들이 달려들었다.

"은지야, 그럼 애 아빠가 누구야?"

"분명히 병규라고 했잖아."

그 순간 응급실에는 정적이 흘렀다.

"아니야. 내가 아는 병규 오빠가 아니라고."

그 자리의 모든 사람들은 어안이 벙벙했다.

"이, 이럴 수가? 야! 어떻게 된 거야."

정말 멘붕이 오는 찰나였다. 병규가 간신히 상체를 세웠다.

그러더니 옆에 있는 휴지 상자를 들어 민성이와 재석이 쪽을 향해 던졌다.

"야, 이 씨발 새끼들아! 내가 뭐랬어! 아니라고 했지? 어디다 갖다 붙여, 붙이길. 아, 정말 미치겠네!"

그동안 얼마나 억울했는지 자기 가슴을 고릴라처럼 소리 나게 치면서 병규는 포효했다. 그것만 보면 전혀 환자 같지가 않았다.

"니들이 와 가지고 웬 여자가 임신을 했다고 해서 내가 얼마나 가슴 졸였는지 알아? 이 새끼들아. 나는 임신할 짓을 안 했단 말이야. 아예 알지도 못하는 사람을 데려다가! 아이, 미치겠네."

그 순간 여자애들과 재석의 시선이 민성에게 쏠렸다.

"민성아, 네가 소개했다며. 내가 전하라고 한 선물 어쨌어? 병규 갖다 줬다면서?"

향금이가 달려들어 민성의 팔을 꼬집었다.

"민성이 너 무슨 장난친 거야?"

"정말 몰라. 나도……."

"너 맨 처음에 은지가 준 선물 어떻게 한 건데?"

"아, 선물 가져다줬지. 병규한테."

그러자 병규가 펄쩍 뛰었다.

"야, 이 새끼야! 네가 언제 나한테 선물을 줬어? 무슨 선물을 줘!"

"너한테 전해 주라고 그래서 분명히 전했어. 수업 들어가느라고 바빴단 말이야."

"무슨 선물? 나 못 받았어."

그러자 향금이 나섰다.

"민성이 너 혹시 그 선물 네가 쓱싹한 거 아냐?"

"아냐. 그때 기명이 형한테 전해 달라고 했어."

"뭐? 기명이 형?"

"그래. 너한테 전해 준다고 그랬어."

그 순간 향금과 보담은 여자의 직감으로 동시에 말했다.

"그러면 혹시!"

재석도 감이 확 왔다.

"야, 너 휴대전화에 기명이 형 사진 있냐?"

민성에게 물으니 고개를 저었다.

"아니, 다 지웠지."

"나도 지웠는데."

이번엔 병규에게 물었다.

"야. 혹시 너 기명이 형이랑 찍은 사진 있어?"

병규는 바지 주머니에서 휴대전화를 꺼냈다.

"전에 형들이랑 놀러 가서 단체사진 찍은 것 있어."

패턴을 풀어 사진을 찾는 병규의 손이 떨리고 있었다.

"이리 내놔 봐."

민성이 가로채 손가락을 빗자루처럼 움직여 화면을 마구

넘기더니 나지막한 탄성을 질렀다.

"찾았다. 은지야, 봐 봐. 이게 기명이 형이야."

은지는 울먹이다가 병규의 휴대전화 사진을 보았다. 그 순간 은지는 더 큰 울음을 터뜨렸다.

"병규 오빠!"

남자아이들은 설마설마하다 그만 망연자실하고 말았다. 은지가 병규로 알고 있던 애 아빠는 다름 아닌 기명이었다. 이 사실을 어떻게 납득해야 할지 몰라 멍해 있는데 그래도 논리적인 보담이 추리를 했다.

"민성이가 선물을 전해 달라고 했는데 아마 기명이 형이라는 사람이 뜯어 본 모양이야. 그리고 병규인 척 연락한 거고."

그러고 보니 병규와 기명은 멀리서 보면 얼굴이 비슷한 구석이 없지 않았다. 결국 선물을 전달하기로 한 기명이 모든 열쇠를 쥐고 있었다.

"병규 오빠가 나한테 연락했어. 만나자고. 그래서 만난 거야."

은지가 흐느끼며 자초지종을 말했다. 이야기를 짜 맞추어 보니, 비로소 비밀이 드러났다.

오래 전 민성이 향금에게서 전달 받은 상자를 넘기자 기명이 물었다.

"야! 이거 뭔데에?"

"형, 제가 지금 수업을 들어가야 해서요. 나중에 병규한테 좀 주세요. 금안여고에 은지라는 애가 있는데요, 병규 사진을 어디서 봤는지 선물을 전해 달라고 해서요. 병규 새끼가 뭐가 좋다고 여자들이 이렇게 꼬이는지 몰라요."

"그래? 알았다아. 이따 만나면 줄게에."

기명은 그렇게 병규에게 갈 선물 상자를 맡았다. 처음엔 온전히 전해 줄 생각이었다. 그런데 향수까지 뿌려 은은하게 사람 마음을 움직이는 상자의 내용물이 궁금했다. 게다가 사연도 모르는 3학년 스톤 멤버들이 급격하게 상자에 관심을 보였다.

"야! 이거 뭐냐?"

"너 팬레터 받았냐?"

"연애편지냐? 키키키!"

교실로 들어가면서 이 녀석 저 녀석이 상자를 잡으려 하자 기명이 소리쳤다.

"야, 손 안 치워?"

아이들은 자라가 목을 감추듯 손을 거둬들였다.

결국 박스를 챙긴 기명은 바로 병규에게 전달하지 않고 집으로 가져갔다. 내용물을 몰래 보고 다음 날 전해 주려는 생각이었다.

집에 도착한 기명은 바로 은지가 쓴 정성 어린 편지들을 모두 다 읽었다. 비록 다른 사람을 향한 고백이었지만 그래도

고……."

 재석과 민성은 할 말이 없었다. 자기들이 찾아가 애 아빠라고 들들 볶았으니 얼마나 불편했을지 짐작이 되었다. 게다가 재석과 민성이 폭력배들의 세력 다툼에 끼어드는 바람에 다친 셈이니 더 말할 것도 없었다.

"야, 병규야. 미안하다."

"아우, 너희는 정말……. 사람을 뭐로 보고. 야, 나 그렇게 무책임한 사람 아니거든?"

"그래, 미안해."

"하여튼 너희들 두고 봐. 내가 퇴원만 하면 가만 안 둬."

어린 엄마와 아빠

 다음 날이었다. 재석과 병규는 이미 나란히 입원실로 옮겨졌다. 6인 병실로 들어간 둘은 가운데 통로를 중심으로 양쪽 침대를 사용했다.
 전날 은지가 왔다 가고 나서 병규의 부모가 연락을 받고 찾아와 깡패가 되더니 꼴 좋다고 입원해 누운 아들에게 한바탕 난리를 치고 갔다. 물론 재석의 엄마도 응급실로 찾아와 입원실로 옮기는 걸 보고 나서야 식당을 열어야 한다며 집으로 갔다.
 맛없는 병원 밥으로 아침을 먹고 나니 병실에서 틀어 놓은 텔레비전만 시끄럽게 아침 드라마를 쏟아 내고 있었다. 민성은 재석을 간호한답시고 곁의 의자에 앉아 스마트폰을 목이 빠져라 들여다보며 자기가 만든 동영상들을 점검하고 있었다. 재석에게 봉식의 전화가 걸려 온 것은 그때였다.

"재석이냐?"

"네, 형!"

"야, 이상한 놈이 나한테 전화를 했더라고?"

"뭔데요?"

"그 수봉나이트인가에서 웨이터 하는 놈인데, 기명이라고. 나한테 너 어디 있냐고 물어보더라?"

누워 있던 재석이 벌떡 일어났다. 어제부터 그렇게 줄기차게 전화를 걸었는데도 받지 않던 기명이었다. 보담은 병원에서 퇴원하면 꼭 기명을 만나서 데리고 오라고 신신당부를 했었다.

"너 입원했다고 말해 줬다. 병원이 어디냐고 해서 그것도 말해 줬고. 아마 그리로 갈 거다."

"네? 아, 알았어요."

전화를 끊고 민성에게 재석이 말했다.

"야, 기명이 형이 온대."

"뭐라고?"

"봉식이 형인데 기명이 형이 이리 오고 있대."

"은지가 애 낳은 거 아냐?"

"글쎄?"

그때였다. 때마침 기명이 입원실 문을 열고 들어왔다. 민성과 재석은 동시에 외쳤다.
"형!"
"재석아아. 그리고 병규야아."
어제의 세력 다툼에 말려들었는지 기명도 온통 눈이 터지고 멍이 들어 반창고를 붙이고 있었다.
"형! 혹시 은지 알아요?"
그 말에 기명은 고개를 푹 떨구었다.
"미, 미안하다. 내가 은지, 은지를……. 내가 책임졌어야 했는데에."
기명은 틀림없이 은지가 낳은 아기의 아빠였다.
"아기는 어떻게 됐니이?"
"아들 낳았어요."
기명은 고개를 다시 한 번 푹 떨어뜨렸다. 그러고는 말했다.
"너희한테 너무 부끄럽다아. 두려웠어어. 민성이 네가 병규한테 선물이라고 전달해 달라는데 보니까 은지가 너무 맘에 들고 그 마음이 예쁘더라고오. 그래서 내가 병규인 척하고 장난 삼아 전화하고 문자 보내고 했더니 반갑게 받아 주기에……. 내가 책임질 수 없는 행동을 한 거야아."
"……."
"내가 비겁했어. 으으으!"

믿기지 않게 기명은 울었다. 스톤 전체 짱이던 그가 이렇게 무너져 내리는 걸 보니 재석과 민성도 마음이 썩 좋지 않았다. 그 순간 병규도 인상을 쓰며 잠에서 깨어났다. 그러고는 기명이 와 있는 것을 보고 당황했다.

"형!"

"병규야, 미안하다."

"형! 도대체……."

기명에게 어떻게 나한테 이럴 수 있냐며, 내가 얼마나 욕을 먹었는지 아냐며 화를 내려던 병규는 분위기가 그게 아닌 걸 깨닫고는 별 말 없이 기가 막힌 듯 기명을 처다만 봤다.

"내가 나이트클럽에서 일한 것도 다 은지 애 낳는 거 책임지려고 한 거였는데, 돈을 모을 수가 없었어어."

병규는 이내 얼굴이 우울해졌다. 자기와 기명의 신세가 별로 다를 바 없었기 때문이다.

"이런 일 해 가지고는 사람 구실을 할 수가 없어어. 으흐흐흐!"

"아, 씨발."

병규는 짜증이 울컥 올라왔는지 돌아눕더니 이불을 머리끝까지 끌어당겼다.

"은지 어디 있냐아? 내가 가서 사과해야 돼에. 은지네 부모님한테도 가서 사과하고……. 아기도 보고 싶어어."

기명이 어느새 아빠가 되어 있었다. 자기 아기를 보고 싶어

하는 건 인지상정, 누구도 말릴 수 없는 일이었다.

"형, 산부인과 쪽으로 가면 돼요."

민성이 복도에서 휠체어를 가지고 들어왔다. 재석이 휠체어에 오르고 민성이 밀고 나가려고 하자 이불을 뒤집어썼던 병규가 일어나 말했다.

"야, 씨발! 니들만 가냐?"

"너도 갈래?"

병규는 차마 자존심에 고개를 끄덕이지는 못했다. 눈치 빠른 민성이 휠체어 하나를 더 끌고 들어왔다. 잠시 후 휠체어에 앉은 재석과 병규를 민성과 기명이 밀고 산부인과 쪽으로 움직였다. 산부인과 병동은 층이 달랐다. 엘리베이터를 타고 복도를 따라 한참 이동하는 동안 이 엄청난 사태가 어떻게 전개될지 재석은 상상도 할 수 없었다. 이 와중에도 민성은 이 장면을 모두 촬영하고 있었다.

이윽고 산부인과 병동의 1734호 문을 두드리자 안에 있던 보담과 향금이 내다보았다. 아이들은 어제 밤늦게 집에 갔다가 아침에 또 부리나케 온 모양이다. 은지는 침대에 잠들어 있었다. 애를 낳는다는 게 여간 진 빠지는 일이 아니라더니 그 말이 맞는 듯했다.

"은지, 자니?"

민성이 먼저 들어가 물었다.

"응. 이제 잠들었어. 왜?"

향금이 하품을 하며 대답했다.

"야, 입 냄새."

"너 죽을래?"

주먹을 휘두르며 향금이 민성에게 눈을 부라렸다.

"야, 아기 아빠 왔어. 기명이 형."

"어머!"

향금과 보담은 당황한 듯했다. 당황하면 괜히 여자들이 머리카락부터 쓸어 넘기며 용모를 다듬는다는 걸 재석은 비로소 알게 되었다. 그제야 복도에 서 있던 기명이 모습을 드러냈다. 방 안에 있던 아이들은 모두 벽으로 붙어서 길을 내 주었다. 잠든 은지에게 기명이 비틀거리며 다가갔다.

"으, 은지야, 은지야아."

조심스럽게 은지의 다리를 건드리며 기명이 은지를 불렀다. 병실 안에는 터질 듯한 긴장감이 감돌았다. 몇 번 더 흔들자 누워 있던 은지가 살포시 눈을 떴다.

"나 왔어어."

은지는 이게 어찌 된 일인가 하다가 그만 벌떡 일어났다.

"병규 오빠!"

그러더니 주위 시선도 아랑곳하지 않고 기명의 품에 몸을 던졌다.

"왜 이제 왔어? 왜 이제? 나 얼마나 무서웠는지 알아? 으아아아앙!"

"……."

병규는 어쩔 줄 몰라 했다.

"우리 아기 어떡해? 세상에 나올 때 아빠도 못 보고, 으흐흐! 할머니 할아버지도 다 미워하고, 우리 아기 불쌍해. 어떻게 할 거야, 어떻게?"

은지는 대성통곡을 했다.

"미안해, 은지야아. 내가 병규라고 거짓말하고 널 속였다아. 날 용서해 줘어. 난 나쁜 놈이야아. 으흐흐흐!"

무릎을 꿇고 기명이 은지 앞에서 통곡을 했다. 스톤의 짱이었을 때 잔인하게 아래 학년 아이들을 응징하고 주먹 한 방이면 누구든 케이오시키던 그 기명이 아니었다. 진정 뼈저리게 용서를 비는 남자의 모습, 아니 아빠의 모습이었다.

보담과 향금이 재석과 나머지 아이들에게 눈치를 주었다. 두 사람만의 시간을 주기 위해 모두 밖으로 나왔다. 병규는 홀가분한 얼굴이 되어 있었다.

"야! 이 씨방새들아. 니들이 나를 아빤 줄 알고……. 아오, 얼마나 괴롭혔는데! 그래도 저렇게 은지를 돌봐 주고 애까지 낳게 해 줬다니까 내가 참는다. 응? 내가 참어."

"미안하다. 난 병규라고 그래 가지고 홀딱 속았지."

"기명이 형은 정말 웃긴 사람이네. 그럼 계속 병규인 척한 거 아냐?"

"둘이 몇 번 만나지도 않았대. 그리고 도망가 버린 거야. 그러니까 계속 병규인 줄로만 알고 있는 거지."

"아, 어쩌다 이런 착오가 생겼냐? 사진 봤다고 하지 않았어?"

재석의 물음에 민성이 병규의 정면으로 가더니 말했다.

"가만 보니까 병규하고 기명이 형하고 비슷하게 생기지 않았냐?"

"그러고 보니 그러네."

여자애들도 병규의 얼굴을 뚫어져라 바라봤다.

"눈썹이랑 얼굴이랑 비슷해."

"해상도가 떨어지는 사진이었으니까 얼핏 보면 헷갈릴 수도 있어."

그러자 민성이 덧붙였다.

"기명이 형도 생긴 건 좀 괜찮지 않냐?"

듣고 있던 향금이와 보담이가 한심하다는 듯이 쏘아보더니 말했다.

"너희들 다큐멘터리는 보냈어?"

"그럼! 내가 할 일을 다 안 했겠냐?"

민성이 이야기했다.

"어제는 정말 파란만장한 날이었다. 어우, 정말."

어느새 병원 창문으로 비치는 해는 중천에 떠올라 있었다.

원자력 에너지 꿈

새날이 밝았다. 병원 로비의 카페에 휠체어에 앉은 재석을 중심으로 세 아이가 둘러앉았다.

"오늘 오후에 드디어 은지가 퇴원해."

향금이가 홀가분한 표정으로 말했다.

"아기 너무 예쁘지 않니?"

"맞아, 맞아. 하품하는데 아주 예뻐 죽는 줄 알았어."

"정말 인형 같아."

신생아실에 가서 은지의 아기를 보고 온 모양이었다.

"학교에 어떻게든 가야 하는데."

아기가 예쁜 것과 상관없이 재석이 걱정스럽게 말하자 민성이 깐죽댔다.

"야, 네 입이서 그런 말 나오니 정말 웃긴다. 헤헤."

그러자 보담이 자신 있게 말했다.

"내가 우리 학교 학칙을 이번에 처음으로 유심히 살펴봤거든. 어쩌면 은지가 복학할 수 있는 방법을 찾을 수 있을지도 모르겠어."

보담이는 출력해 온 학칙을 가방에서 꺼냈다. '금안여자고등학교 학칙'이라는 제목이 달려 있었다.

"문제는 38조야."

학교장은 교육상 필요하다고 인정할 때에는 학생에 대하여 다음 각 호의 징계를 할 수 있다. 이 경우 학교장은 학생 또는 학부모 등 보호자에게 의견 진술의 기회를 부여하여야 한다.

① 학교 내의 봉사

② 사회봉사

③ 특별교육 이수

④ 퇴학 처분

"은지가 징계 가운데 가장 센 걸 받았구나."

"그렇지. 그런데 우리가 문제 삼을 수 있는 부분은 의견 진술의 기회를 주었느냐, 이거거든. 은지는 그냥 담임선생님이 무조건 자퇴하라고만 했대. 그러니까 이게 잘못된 거지. 퇴학 처분을 받을 만한 사항인지 확실하게 따져 봐야 하거든."

보담은 바로 퇴학 처분의 항목이 있는 39조를 보여 주었다.

1. 학생이 다음 각 호에 해당할 때에는 퇴학 처분을 명할 수 있다. 이 경우 학교장은 퇴학 처분을 하기 전에 일정 기간 동안 가정학습을 하게 할 수 있다.

① 품행이 불량하여 개선의 가망이 없다고 인정된 자

② 정당한 이유 없이 결석이 잦은 자

③ 기타 학칙을 위반한 자

2. 학교장이 퇴학 처분을 할 때에는 당해 학생 및 보호자와 진로 상담을 하고 지역사회와 협력하여 다른 학교 또는 직업교육훈련기관 등을 알선하는 데 노력하여야 한다.

"은지가 품행이 불량하다는 거에 걸린 것 같아. 그런데 도대체 품행 불량이 뭐야? 그건 판단하기 나름 아니야? 임신이 품행 불량이라는 건데, 그건 말도 안 돼. 학칙에 정확하게 임신하면 안 된다는 규정이 있는 것도 아니잖아."

보담이 흥분하자 재석이 물었다.

"야, 그러면 모든 잘못을 다 적어 놔야 하는 거냐?"

"죄형법정주의라는 게 있어. 어떤 행위가 범죄로 성립되는지, 그 범죄에 대해 어떤 형벌을 줄 것인지는 법률에 의해서만 정할 수 있다는 원칙이야."

"야, 너무 어려워."

"벌을 주는 사람이 코에 걸면 코걸이, 귀에 걸면 귀걸이 식으로 마음대로 하지 못하게 하는 거야. 그렇게 보면 은지의 경우는 애매하지."

"어른들에게 어떻게 대들려고?"

"우리가 선생들을 이길 수나 있겠냐?"

"그래서 내가 다른 조항을 찾아봤어. 애매한 건 우리도 애매하게 걸고넘어지면 돼."

"어떻게?"

"21조의 재입학 규정을 보면 이렇게 되어 있어."

본교를 퇴학한 자로서 다시 입학을 원하는 자가 있을 때에는 결원이 있을 경우에 한하여 교육과정 이수에 지장이 없는 범위 안에서 퇴학 당시 학년의 이하 학년에 학교장이 입학을 허가할 수 있다.

"그럼 다시 재입학이 가능한 거야?"

"응. 강력하게 문제제기를 해 보려고 해. 한마디로 교장선생님한테 권한이 있는 거야. 내년에 재입학을 할 수 있도록 교장선생님을 설득할 방법을 찾아야지. 그래서 일단 다른 학교는 어떻게 했는지 알아볼 생각이야."

"그게 되겠어?"

"그러게. 복장 규정을 조금만 바꿔 달라고 해도 안 된다고

만 하는데."

아이들은 교사의 권위 앞에서 풀이 죽었다. 고등학생이 뭔가를 바꾼다는 건 우리 사회에서 결코 쉬운 일이 아니기 때문이다.

하지만 보담은 각오를 단단히 한 표정으로 말했다.

"그래도 나는 우리 학교 애들 서명이라도 받을 거야. 학칙을 개정해 달라고."

"전교생이 다 서명하면 교장선생님도 꼼짝 못하실걸?"

향금이도 맞장구를 쳤다.

"우리 영상도 나중에 재편집해서 여기저기 보낼게."

"요즘 유튜브가 대세잖아."

힘을 합치니 태산도 옮길 수 있을 것 같았다. 뭔가 방법이 있을 것만 같았다.

"내가 좀 도와줄까?"

그때 들리는 낯선 여인의 목소리에 아이들은 고개를 돌렸다. 그곳에는 다름아닌 권 선생이 서 있었다.

"아니, 선생님. 어쩐 일이세요?"

재석과 민성이 앞으로 나섰다. 보담이도 반가움의 미소를 지었다.

"은지가 애 낳았다고 보담이가 알려 줘서 축하하려고 왔지."

권 선생은 손에 프리지어 꽃다발을 들고 있었다.

"이렇게 오실 것까진 없는데요."

"아니야. 남의 일 같지 않아서."

권 선생은 아이들 이야기를 다 듣고 있었다.

"너희들 노력이 참 가상해. 보담이 말이 맞아. 보담이가 참 똑똑한 것 같구나. 나중에 학교에 부모님과 함께 가서 교장선생님을 설득해 보자꾸나. 물론 쉽지는 않겠지만 우리 복지관이랑 다른 기관에도 도움을 구해 볼게. 한번 해 보자."

권 선생은 보담이가 건네준 교칙을 받아 넣으며 말했다. 아이들 입장에서는 천군만마를 얻은 것 같았다.

"야호!"

"이렇게 일이 술술 풀리다니 아무래도 좋은 결과가 생길 것 같은 기대감이 드는데요."

희망적인 이야기를 나눈 뒤 아이들은 은지가 퇴원 준비를 하는 병실로 다 함께 몰려 갔다.

가는 도중에 향금이가 지난밤에 있었던 일을 다 말해 주었다. 기명이 은지 엄마 아빠에게 전화를 해서 용서를 빌고, 자기가 어떻게든 책임을 지겠다고 이야기를 했단다. 은지의 아빠 엄마는 부리나케 병원으로 달려와 펄쩍펄쩍 뛰었다.

"이놈아! 이 빌어먹을 놈아! 우리 딸 신세를 망쳐 놓다니!"

은지 엄마는 기명을 보자마자 옷자락을 붙잡고 늘어졌다. 뒤늦게 달려온 은지의 아빠는 무릎을 꿇고 있는 기명에게 주먹을 날렸다.

"이 나쁜 자식!"

주먹에 맞은 기명은 뒤로 벌렁 나뒹굴었다. 그래도 다시 벌떡 일어나 무릎을 꿇고 말했다.

"죄송합니다!"

주먹이 또 날아왔다. 그렇게 기명은 몇 번이고 은지 아빠의 주먹질을 온몸으로 받아 냈다. 병원의 경비원들이 오지 않았으면 기명을 진짜 어떻게 할 뻔했다.

"너희 부모 어디 있냐? 당장 불러 와! 우리 딸 망쳐 놓은 거 톡톡히 배상해야 해!"

기명은 피투성이가 된 얼굴로 말했다.

"제가 책임지겠습니다. 죄송합니다. 아기 책임지고 키우겠습니다. 용서해 주십시오."

기명은 그래도 사내다웠다. 욕하면 그대로 먹고 때리면 때리는 대로 맞았다. 그렇게 해야 분이 풀린다는 걸 알기 때문인지도 몰랐다.

"엄마, 나 기명이 오빠랑 아기 잘 키울게. 응? 욕하지 마. 내가 잘못한 거야."

"이년아! 지금 그런 소리가 입에서 나와? 아이고, 내 팔자야!"

담당 의사의 경고를 받은 뒤에야 은지 아빠 엄마는 기명과 함께 병원 밖으로 나갔다. 은지가 어떻게든 아기를 잘 키우겠다고 하니 더 이상 할 말이 없었다. 게다가 무책임한 줄 알았던 애 아빠가 나타나 책임을 지겠노라고 하니 은지 부모로서도 기회를 주는 수밖에 없었다.
"저희 부모님이 내일 오실 겁니다. 말씀 드렸습니다."
기명은 부모들이 서로 만나야 이 문제가 완전히 해결된다고 생각했다.

재석이 일행이 찾아간 병실에는 기명의 엄마가 와 있었다. 떡집을 하시는 분답게 푸근한 인상이었다. 난생처음 들은 소식이지만 기명이 전화를 걸어 밤새 부모에게 모든 걸 고백해서인지 이 모든 사태를 순순히 받아들이는 것 같았다.
"죄송합니데이. 따님과 손주는 걱정 마이소. 우리 메누리에 우리 핏줄 아잉교. 떡두꺼비 같은 손주는 하느님이 주신 선물이라예. 잘 키우겠심더."
기명의 엄마는 구수한 사투리로 연신 고개를 조아리면서도 병실거렸다. 아들이 비록 사고를 쳐서 스무 살이 되자마자 애 아빠가 됐지만 이걸 기회로 마음을 고쳐먹는다니까 흐뭇한 모양이었다. 같은 부모 입장에서 은지 엄마 아빠의 마음을 헤아려 몇 번이고 사죄하는 그 모습을 보니 재석을 포함한 아이들은 안심이 되었다. 은지 엄마 아빠도 내심 은지가 좋아하고, 기명이 사내답게 아빠가 되겠다니 나쁘지 않다고 생각하는 눈치였다.

그날 오후 기명의 엄마가 아기를 소중히 감싸 안고 은지가 그 뒤를 따르며 퇴원하는 모습을 보며, 재석과 아이들은 흐뭇했다. 몸만 추스르면 친구들을 모아 놓고 간단히 결혼식도 하기로 약속했다.

"애들아, 정말 고마워. 너희들 은혜는 잊지 않을게."

기명의 엄마가 몰고 온 승용차에 아빠 엄마와 함께 오른 은지가 창밖으로 손을 흔들었다.

"잘 가, 은지야!"

"연락해!"

은지가 탄 차가 저만치 멀어지나 싶더니 우뚝 섰다. 창문 밖으로 고개를 내민 은지가 소리쳐 물었다.

"다큐멘터리 잘 출품했어?"

"응! 마감 전에 냈어."

"발표 나면 알려 줘."

"알았어."

은지는 고개를 끄덕였고 자동차는 이내 시야에서 사라졌다.

발표가 언제 날지 정확히 알 수 없었지만 두 아이는 이미 다큐멘터리의 결과에는 개의치 않았다. 그 과정을 통해 꿈을 찾았기 때문이다. 민성이는 카메라감독으로 방향을 굳혔다.

"나는 카메라가 체질인 거 같아. 죽어도 카메라랑 살다가 죽어야겠어."

그러자 재석이 말했다.

"야, 아무리 그래 봐야 좋은 대본이 있어야 좋은 작품이 나오는 거야."

"그래, 인마. 넌 작가가 돼서 나를 키워 줘야 할 거 아니냐? 넌 문창과나 국문과 가라."

"그래. 그래서 나도 좀 더 열심히 글을 쓰려고 하고 있어. 전에는 소설가가 될까 하는 생각만 했는데, 이번에 해 보니까 시나리오나 방송대본 같은 것도 재미있을 것 같아. 이것저것 쓰다 보면 나한테 맞는 게 생길 거야."

그때 보담이 말했다.

"나 이번에 다큐멘터리 찍고 학교 문제를 생각하면서 느꼈는데, 사회복지사가 되려던 꿈을 바꾸기로 했어."

"뭐로?"

"미혼모를 이런 문제로부터 보호해 주려면, 일단 법이 바뀌어야 하잖아. 대만이나 다른 나라처럼 법을 바꾸는 게 제일 빠르고 간편하지. 그래서 말이야, 로스쿨 갈까 해. 변호사나 판사가 될 거야."

"야, 변호사는 법을 써 먹는 거 아니니? 법은 국회에서 바꾸잖아."

"알아. 그래서 나중에는 국회의원도 될지 몰라."

그러자 민성이 재빨리 끼어들었다.

"오, 그럼 내가 여성 국회의원 친구가 될 수도 있는 거네.

보담이 너는 할 수 있을 거야. 공부 잘하니까."

그러자 향금이가 빠질 수 없다는 듯 말했다.

"나는 리포터나 엠시 이런 게 체질이야. 요즘은 가수도 만능 엔터테이너가 되어야 하니까."

민성이 웃으며 또 깐죽댔다.

"그래, 그래. 잘했어. 너는 그거밖에 없어. 네 끼를 어떻게 하겠냐? 그 날라리 끼를."

"뭐 날라리 끼? 죽는다, 너."

향금이가 눈을 부라렸다.

"야! 감독한테 리포터가 죽는다가 뭐야, 죽는다가."

"너 이리 와! 잡히면 죽어!"

향금이 쫓아가자 민성이 웃으며 도망을 쳤다.

보담과 재석은 마주 보며 씩 웃었다. 보담이 살포시 재석의 어깨에 기댔다.

"재석아. 고마워. 너는 정말 멋진 남자야."

가슴이 벌렁벌렁 뛰기 시작했다. 갑자기 재석은 꿈에서 봤던 보담이의 벗은 몸이 떠올라 얼굴이 붉어졌다.

"야야, 이러지 말고 우리 어디 가서 아이스크림이나 먹자."

재석과 보담의 분위기를 보고 민성이 말했다.

"그래, 가자."

"병원 옆에 런던베이커리 있어."

네 아이는 빵집을 향해 갔다. 빵집 안을 경쾌한 음악이 가득 채우고 있었다. 공교롭게도 음악은 은지를 만나던 날 들었던 알 캘리의 '아이 빌리브 아이 캔 플라이'였다.

I believe I can fly.
난 날 수 있다고 믿어요.
I believe I can touch the sky.
저 하늘까지 닿을 수 있을 거라 믿어요.

I think about it every night and day.
밤낮으로 그런 생각만 한답니다.
Spread my wings and fly away.
나의 두 날개를 쭉 펴고 멀리멀리 날아갈래요.

I believe I can soar.
난 높이 날아오를 수 있어요.
I see me running through that open door.
활짝 열린 문으로 달려가는 나를 그려요.

······

There are miracles in life. I must achieve.
내 삶에는 기적들이 있어요. 난 반드시 이뤄낼 거예요.

But first I know it starts inside of me.
그러나 기적은 먼저 내 안에서 시작된다는 것을 알아요.

지금 이 순간 달콤한 아이스크림을 먹으며 감미로운 음악을 듣는 것은 청춘의 특권이었다. 한 번 가면 다시 오지 않는 시간이지만, 꿈이 있는 한 언제나 가슴 설레게 마련이다. 네 아이의 젊은 가슴에 오롯이 들어앉은 꿈은 미래를 향해 힘차게 달려가게 할 원자력 에너지가 분명했다.

까칠한 재석이가 열받았다

초판 1쇄 발행 2014년 6월 13일
초판 10쇄 발행 2020년 1월 17일

지은이 고정욱
그 림 변기현
펴낸이 이범상
펴낸곳 (주)비전비엔피·애플북스

기획편집 이경원 유지현 김승희 조은아 박주은 황서연
디자인 김은주 이상재 한우리
마케팅 한상철 이성호 최은석 전상미
전자책 김성화 김희정 이병준
관리 이다정

주소 우) 04034 서울특별시 마포구 잔다리로7길 12 (서교동)
전화 02) 338-2411 | **팩스** 02) 338-2413
홈페이지 www.visionbp.co.kr
이메일 visioncorea@naver.com
원고투고 editor@visionbp.co.kr
인스타그램 www.instagram.com/visioncorea
포스트 post.naver.com/visioncorea

등록번호 제313-2007-000012호

ISBN 978-89-94353-48-7 03810

· 값은 뒤표지에 있습니다.
· 잘못된 책은 구입하신 서점에서 바꿔드립니다.

「이 도서의 국립중앙도서관 출판시도서목록(CIP)은 e-CIP홈페이지(http://www.nl.go.kr/ecip)와
국가자료공동목록시스템(http://www.nl.go.kr/kolisnet)에서 이용하실 수 있습니다.(CIP제어번호: CIP2014016325)」